抱きしめられたい。　もくじ

抱きしめられたい。

好きになった人がふりむいてくれたような、
これから家で飼う仔犬を抱っこしたときのような、
甘い匂いのする感情。

ほんとうになにかを伝えたいというときには、
絶対に「ことばがきれい」なほうがいい。

季節の変化を、ぼくらは知らなくてもわかっている。
腹が減ったら不機嫌になることだとか、
眠くなったらものを考えられなくなることだとかも、
説明などできなくても、じぶんでわかっている。
逆にいえば、わかっているけれど知らないことは多い。

わかっていることを、知りたいものだ。
知っていることを、わかりたいものだ。

愛がゆえにやさしくされることだって、
たくさんあるだろうとは思うのだけれど、
ぼくが言いたいのは、それじゃないやさしさのことだ。
愛がなくてもやさしくできること、
愛がなくてもやさしくしてもらえることの、
とんでもないありがたさだ。

「地図と物語」

それは地図のどこにあるのか。

それはどんな物語のなかにあるのか。

ただ、そこに置かれるだけで美しくて、
ああこれはいいなぁ、と言われることばがある。
それは、偶然に生まれたことばかもしれないし、
磨きに磨かれて生み出されたことばかもしれない。
どちらにしても、ただただ
「いいなぁ」と思われることばというものはある。

これをこうして、これをこうすれば、こうなります。
というような、なにかをつくるための
やり方を示すことばがある。
それを実際にやってみたら、なにかができたりする。
マニュアルとか、レシピとか、説明書とか、
道具として役に立つことばというものがある。

人を傷つけるためのことばがある。

これを言われたら、相手は苦しむぞ、痛がるぞ、
ひょっとしたら息が止まるぞ、というためにあることば。
おそらく、そのことばは、向けられた人ばかりでなく、
発した人のこころをも傷つけることになっている。

人を慰めることばというものもある。
安心させるとか、痛みを忘れさせるとか、
気持ちよく愛撫するようなことばがある。
それは、ほんとうとかうそとかとは関係ない。
たぶん、これも、慰めている人のこころも
気持ちよくなっているような気がする。

なにも言わないのに、ことばを感じさせる人がいる。
たくさんことばを発しているのに、
そこからなにも聞こえてこない人もいる。
それは、憧れのかたちのちがいによるのではないか。

なにができるからよい、なにをしたからよい、
というようなこととなんの関係もなく、
「ただいること」がよいとされることを、
ほんとうは誰もが望んでいる。
be動詞の、「be」の状態で肯定されること。
誰よりもじぶん自身からよしとされること。

このごろ、いろいろ考えていくと、
いつも「be」にたどりついてしまう。
「be」は、いわば神さまの動詞だという気がする。

天よ、あれ。地よ、あれ。
森羅万象よ、すべてあれ。
あんたも、あたいも、みんなあれ。

「be」は、やがてそのまま育っていく。
その過程が「Life」なんだよな。

人は、人を見たり、人のことを考えたり、
人と話したり、人と連れ立ったり、人とけんかしたり、
とにかく、人がいちばん必要としているのは、
人なんじゃないでしょうか。
人にとっての最高の玩具も人間ですし、
人がもっとも感動する物語は、
人のなかに含まれているものだと思います。
家族として愛されている犬や猫というのも、
もしかしたら、もう、
人として認定しているのかもしれません。

それはそうと、比喩って、
「うわのそら」から生まれるような気もしました。

8階の窓に
わたしを乗せる汽車が着いた。
こんなに旧い
石炭の匂いのする汽車で
運ばれて行く先は
懐かしさの白粉を塗りたくった
怠惰な遊廓に決まっている。
わたしは汽車に乗らずに
部屋の灯りの下で
わたしの欠伸をした。

(1) なにかおいしいものを食べる。
(2) 時間を気にせずおふろに入る。
(3) パジャマに着替えて昼寝する。

こころの疲れは、かなりこれで治る。

それはそれでよかった。

負け惜しみにきこえるかもしれない。
妥協を語っているようにも思えるだろう。
あきらめを無理に肯定しているようにも見えるだろう。

しかし、そのことばで、
あたらしい一歩を踏み出せることがある。
悲しみに足をとられてうずくまるのでなく、
ふっと顔を上げさせるようなこともできる。

それはそれでよかった。

思い起こせば、ぼくは、
何度もそのことばで生き返ったような気がする。
そこで悔やんでいる時間が、
すっと過去として後に飛んで行く。
ずいぶんと現実的な魔法のことばだ。

それはそれでよかった。

無責任に思われそうなひと言だ。
他人事のようだとも思われそうなことばだ。
どこがよかったのか、詳しく言えるかと責められそうだ。
よくないことが、よかったとされそうだと怒る人もいる。
だれでも言えそうな、平凡な慰めにしか過ぎない。

それはそれでよかった。

でも、その偽薬かもしれないものは、
どこでも手に入れられて、だれにでも買えるものだ。
使い減りもせずに、痛いときにつけられる。
効くものかと思っていたら、たしかに効かないが、
とりあえずつけておくだけで、動きがとれる。

それはそれでよかった。

そう思うよりも先に、そう口に出してみる。
よかったと言って、よくなればいいねとこころから思う。
よかったと言えることは、よかったのはじまりだ。

「変わろう」なんてこと、目的にしてはこなかった。
「変わらざるをえない」から、変わってきたのだった。
「変わらざるをえない」とは、
「なんとかしなきゃ」の別名なのではないだろうか。

そのつないだ手を放せないのは、
相手のためなのか、それともじぶんのためなのか。
じぶんの足に重みをかけて、手をつないでいたいものだ。

たいてい、人はそこに足りないものを夢みる。

夢だったものが、すぐ近くにいつもあると、
それは夢から現実という名のものに変化する。
ほんとうは、なにもかもが現実なのにね。

夢なのか現実なのかわからなくなりそうないいことは、
そりゃぁもう、とっても最高にいいことだ。
よくよくていねいにあつかってやって、
その状態をできるだけ長くキープできたらと思う。

夢なのか現実なのかわからなくなりそうなわるいことは、
それは残念ながら悪夢ではなく、恐ろしい現実だ。
気を失って逃れることになるのかもしれないが、
それでは現実は変わらない。

しかし、それにしても、

あらゆるものごとは、あらゆる時間は、現実でしかない。
夢と現実とが両方いりまじって世界があるのではなく、
ほんとうにあるのは現実だけなんだということが、
怖いくらいにさっぱりした事実なんだよなぁ。
現実のよく見えにくい部分を、人は夢で埋める。
現実は、よく見えないところだらけだから、
夢はなくなりはしないのだけれど、
実際にあるのは、現実だけなんだよなぁ。

そのことを知っても、現実を気に入っていれば、
そんなにがっかりしたものではない。
さらに、その現実は変わるものだし、
変えていけるものだということを知ると、
現実というものの、夢以上のおもしろさが見えてくる。
現実とも思えないほどの現実を、
ちゃんと観賞できるほどの気構えを持っていたいものだ。

どんなことでも、じぶんで決めたことが、いいよね。
しっかりじぶんで決めたことばかりなら、
人生、けっこう楽しいんじゃないかな。
毎日の生活で、いかに「じぶんで決める」を続けられるか。
だれかに脅かされてやることなら逃げ出すけど、
じぶんというリーダーが、決断したことなら、できる。

経験を積むというのは、
インプットを増やすことではなく、
アウトプットを増やすことだというけれど、
まったくその通りだと思う。

人にとって、あらゆる対象は玩具である。

人の前に現れる人は、玩具である。
人の前に現れない人も、玩具である。

人は、人を玩具として扱うことで遊び、
快感を得ようとする。
玩具には歓びの玩具だけでなく、
悲しみの玩具も、苦痛の玩具もある。

人にとっての人が玩具であるように、
人にとっての動物も、人にとっての植物も、

人にとっての鉱物も、音も、光も、風も、
時間や偶然や事件や病さえも、
すべてが玩具である。
それらすべてを、玩具として扱うことで遊び、
快感を得ようとする。
見ることもかなわぬ大宇宙さえも、
その小ささを計り切れぬ量子などというものさえも、
さらには、あるはずだとだけ仮定されているあらゆるもの、
そして、ないと証明されているあらゆるものまでも、
すべて、人は玩具にしている。

人にとっての、最大の玩具は、
おそらくじぶん自身である。

じぶんは変わるまいとして、会話している人は、
相手をも変えられない。
じぶんは変わるつもりがある、と会話する人は、
場面をおもしろくして、相手をも変えるだろう。

人間は何度でも
「ボンジュール、無力感！」
というようなことに出合うものだ。

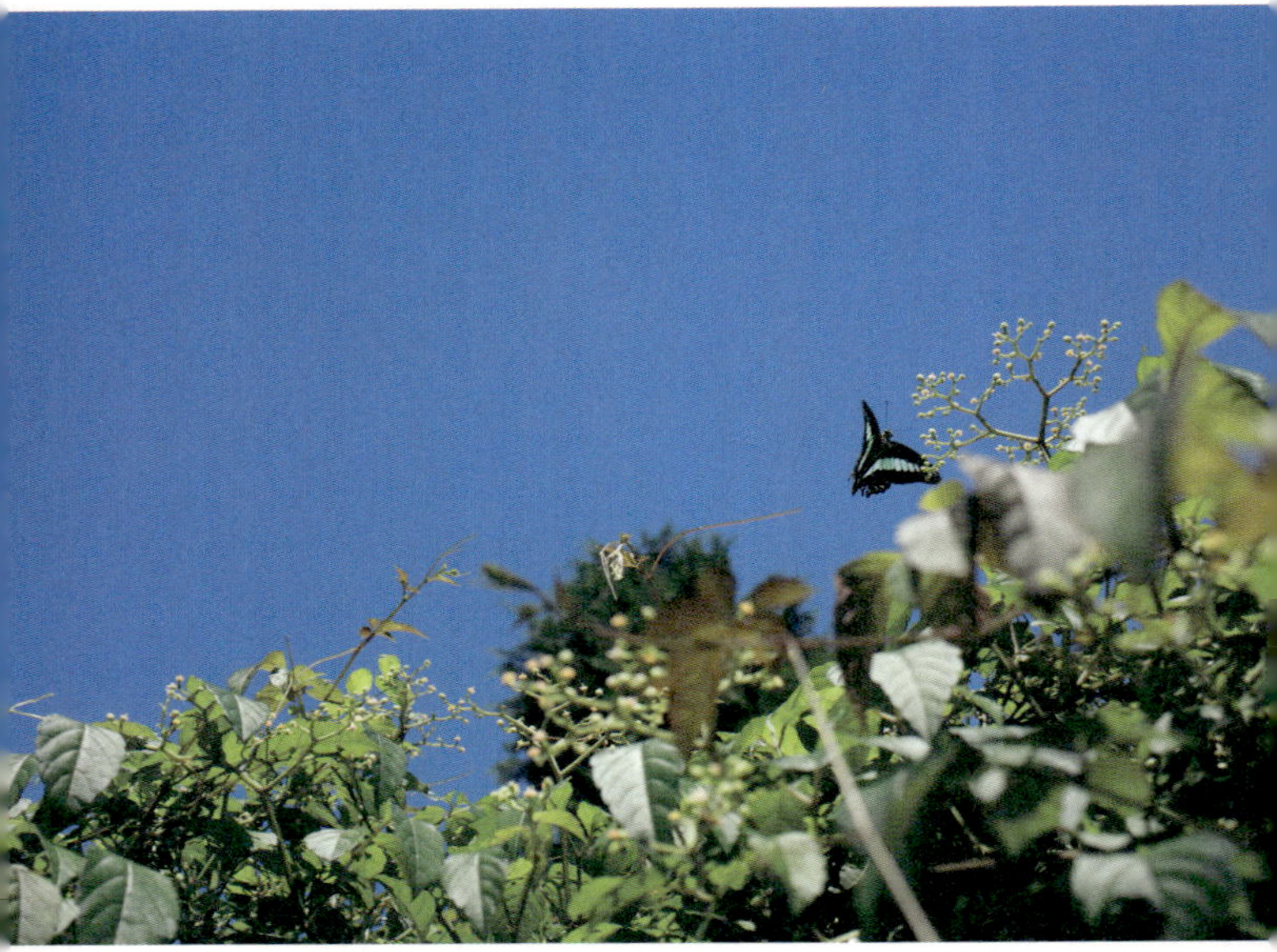

足もとの犬から
ふと目をはなして
見上げれば……。

わたしたち。

昨日は外で遊べなかったけど、
今日はいいお天気になりました。
犬も、「かっき」があります。
お日さまの下で、おとうさんと、
ふたりで写真をとりました。

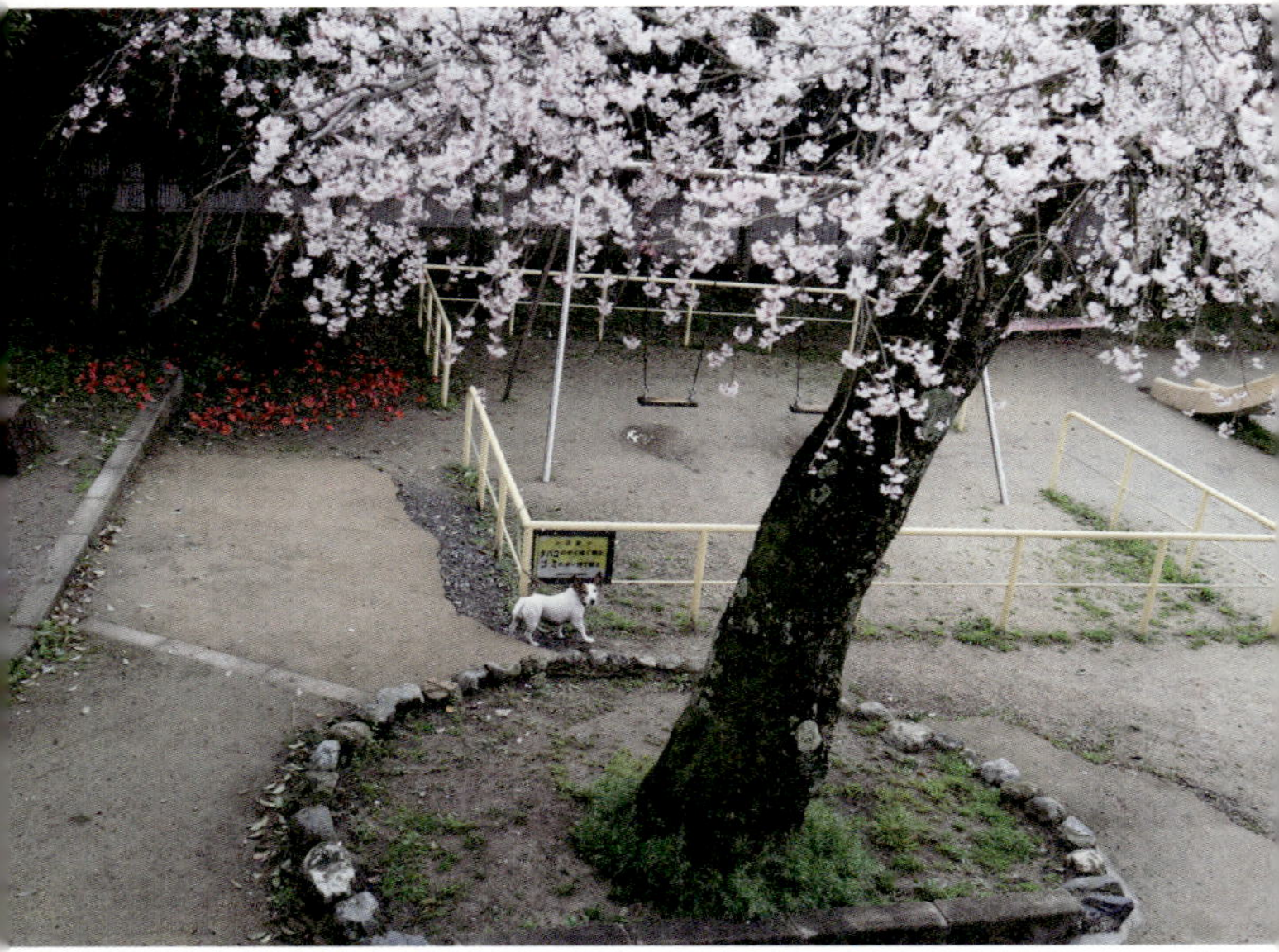

あめがやんだ。
公園の桜も、咲いていて、
向こうのほうでは、
椿の花も落ちていた。
ときどき雨も落ちてくる。

からす。

犬の遊ぶ屋上には、カラスもきます。
たいてい、カラスは、
犬のことをちょっと笑ったりします。
「ブイちゃん、ばかばか」とか、
言ってるような気がします。
おとうさんが怒ってくれます。
あ、飛んでった……。

ぼくは、また思う。
また思うということは、
前にも何度も思ったということだ。

じぶんから言うのはいいんだけど、
他人から言われるのはいやという感覚。
じぶんからするのはいいんだけど、
他人からさせられるのはいやだということ。
プライバシーとか自由とかって、
そのあたりにあるものだよな。

ぼくの大好きな話がある。
ある村に一人の旅人がやってきた。

○「やぁやぁ、初めまして。
　わたしはあっちの村からやってきたんですけどね、
　この村は暮らしやすい村だと聞きまして……」
△「あっちの村は暮らしやすかったかね？」
○「はい。とても。みんなやさしかったですし」
△「そうかそうか。だったら、この村も暮らしやすいよ。
　しかも、村人はみんなやさしいと思うよ」

しばらくして別の旅人がやってきた。
●「あっちの村からきたんだが、

この村は暮らしやすい村だろうかね？

△「あっちの村は暮らしやすかったかね？」

●「最悪でしたよ。

みんなツンケンして不親切で、

ろくなことがないから逃げてきたようなもんだ」

△「ああ、そうかね。だったら、この村も最悪だよ」

疑い深い人に対して、他人は疑い深く接するし、

こころ開く人には、こころを開こうとするものだ。

こんな単純なことだけれど、

わからない人は、それをわかろうとはしない。

「負けるものか」と戦っては、疲れて、次の村へ行く。

そうなんだよなぁ、買い物って、
「なにかを好きになりたくて買う」のが理想だ。
たとえパンツ一枚でもさ、
「このパンツ好きだなぁ」からはじまって、
「ずっとはいてるけど、ずっと好きだ」っていう具合に。
「なにかを好きになりたくて生きる」は、もっといいな。

「かくありたいわたし」との対話が、
組織にも個人にもいちばん大事なことなのだと思ってます。
できてる、できてない、どっちもあるけど「かくありたい」です。

「たのしそうですね」と、
思われたり言われたりすることは、
とてもいいことなんだ。
「たのしそう」に見られてる人は、すばらしい。
「つらそう」に見えてないということを、
自身でよろこんだほうがいい。
だって、それは、見てる人たちに、
「たのしそう」な気分を伝染させてるんだもの。

いいこと考える直前って、なぜか落ち込んでいたりします。

誠実というのは、姿勢なんですよね。
弱くても、貧しくても、不勉強でも、ほとんどだれでも、
誠実であることはできるんです、姿勢ですから。

そして、誠実であるということは、
じぶんで判断できるというのが、いいと思うんです。
人は、弱いものだから、じぶんに嘘をつくこともある。
でも、そこで「あ、嘘ついてる」と気づくことで、
さらに誠実に近づいていくことができると思うのです。

で、誠実はじぶんから言うものじゃないけれど、
周囲の人が見つけてくれるんだなぁ。
信頼というかたちで、人がつながってくれるわけです。
これ、ちょっとでもうれしいし、いっぱいもうれしい。
信頼のある関係でこそ、力は発揮できるんですね。

なによりこの考えのおおもとがいいと思うのは、
弱くても不勉強でも、誠実であることはできる、こと。

他人がなにを考えているのかを知らなくても、
支え合ったり手伝い合ったりはできる。

「どうして、できるんですか?」という質問がある。
「できるまでやるから、できるんです」が答えだ。
まだできてないというあたりでも、
形式を整えて「できた」ように見せかけることはできる。
でも、それが、ほんとうは「できてない」ことを、
じぶん自身がいちばんよく知っている。
形式さえ整っていれば問題ない、という人種もいるが、
そういうごまかしでは、なにも得られない。

無人島に流れ着いたとしてさ、
「なにか食べるものを探そう」というときに、
「形式が整ってる」なんて答えはないだろう?
「魚をとった」とか「木の実をとった」とか、
食べるものがなきゃだめなんだよね。
「いちおう、そのへんの草を持ってきたんですけど」

なんてご提案は、そういう場面では意味がないんだ。
他人の魚に「それは小さいし、うまくない」
なんてなんくせをつけるのも、まったく意味ないからね。
じゃ、もっと大きくてうまい魚をとってこいっつーの。

一人前に思われるような発言だとか、
どこでも通用しそうな形式だとか、
だれでもが知ってそうな知識だとかを
行ったり来たりさせてるのが、仕事に見えちゃうんだ。
でも、それは、「たしか、魚っていうのはね」とか
熱心に話し合ってるだけだったりするんだ。
いるよ、じぶんの脳のなかにも、そういう人物が。
「できるまで、やるから、できる」
しみじみ、つくづく、唱えたいおまじないだよ。

「モテたい」でベースを弾いているともだちと、
「プロになりたい」でギターを弾いてるともだちと、
「バンドやることがたのしい」と歌ってるともだちと、
「誘われたから」ドラム叩いてるともだちが、
さぁ、どうやってバンドをやっていけるのか？
そんなケースは、ものすごく多いと思うのです。

ウソのなかにも、じぶんでわかって言ってるウソと、
気づかずに言ってるウソとがある。
ぼくの理想は、ばれるウソだけをつく人になることかも。

どんな人にも、こどものころから、
心臓がバクバクするようなことがある。
少年サッカーであろうが、合唱コンクールであろうが、
なにかの試験であろうが、お見合いであろうが、
失敗したらどうしようという場面はある。

そのときに、緊張感があることは、
実は「いいこと」なのだと思うのだ。
生きていて、チャレンジしているからこそ、
そんなふうな場に立っているということなのだ。
そういう場にいることが憧れであるような人だっている。
失敗したらどうしようなんて考えるような時間には、
機会（チャンス）というやつが隠れているのだ。

だから、おもしろいのだ。

ぼくは、よく「打席に立てることをよろこぼう」と言う。
怖かったり、緊張したりするような場面に、
「君が立っていい」と認められている。
それは、すばらしいことだと思わないか。
ああもしてやろう、こうもしてやろうと、
にやにや、わくわくしたらいい。
胸がドキドキだとか、心臓バクバクだとかは、
買おうとしても買えない機会なのだ。

どこで生まれた人も、
じぶんから「ここで生まれよう」と
決めて生まれた人は、ひとりもいないんですよね。
じぶんから決めた場所じゃないところで生まれる。
これが、あらゆる人間のスタートラインだって、
不思議で、どうにもならなくて、おもしろい。
富んだ国に、貧しい国に、厳しい環境に、
のんびりした地域に、不自由な時代に、戦乱の時に、
偶然のように、人は生まれおちる。
このことを、どんなふうに考えるのか、も、
その人の重大な個性だよなぁと、思うんです。

「悪口を山ほど書いた出さない手紙」というものが、
だれのこころのなかにもある。

「期せずしての表現」というものがある。

こどもが、なにげなく言ったことばが、
ずいぶんと広がりやら深みのある哲学に思えたり。

なにか生きものの姿や行動が、
そこにいて、そうしているだけなのに、
見る者のこころをときめかせたり。

撮るつもりもなく撮った写真に、
なんだか素晴しいものが写っていたり。

なんどもくり返してできるわけじゃないし、
それ以上のものをつくれるかといえば、
とても、そんなの無理だよと言うしかないのだけれど、
受けとる者と一体となっての
見事な表現が生まれることがある。

それを見ている者がいなければ、
表現でもなんでもなく、
表現でもなんでもないからといって、
「期せずしての表現」をしてしまった側も、
そのままやり過ごして、ただ、時間が流れていく。
きっと、それでいいのだと思う。

「表現」にいのちを賭けるということも、
それはそれでよくわかる。
そのことが、世界の広さや深さや、味わいを、
さらに豊かにしてくれるものだ。
ただ、「表現」には、「する表現」とは別に、
「見つけられる表現」「期せずしての表現」
というものがあると思う。

「する表現」の、ある高みを見た人が、
「見つけられる表現」を、
なんとかじぶんのものにしたいと思うこともある。
それほど、「期せずしての表現」はいいものだ。
そんなことを考えながら、
最高の「期せずしての表現」とは、
「人生そのもの」なのかもしれないと思った。

「助走」は、跳ぶ前の走りである。
そこから、踏み切りの姿勢やタイミングがあって、
その次の瞬間から「そのこと」が決まる。
しかし、「助走」はもうすでに「そのこと」でもある。

きみは風邪を治せ。ぼくは仕事しろ。
それ以外の人はそれぞれ自由に。

くんくん。

においをかぐのは、大事なことです。
だれかがここで、においをつけた。
そういうことを意味しています。
「そうか、においをつけたか」と、
確認をします。
「つけたな」とよくよくわかったら、
その場を後にします。

いし。

海岸でひろってきた石。
縞模様でつるっとまるくて、
天然のアンティークみたい。

すばこ。

午後になって、おとうさんが、
バードハウスをつけています。
犬は、まったく興味ありません。
鳥が来るのは、来年らしいです。
それまでは、なれさせるらしいです。
鳥が来たら、犬も見ます。

笑顔のわたし。
わたしの仕事は元気でいることです。

一日中、ずっと犬といる。
これは、じみですが、休日ならではのたのしみです。

もう10年以上もいっしょの家にいるのですが、
なんというか、飽きないものです。
目を見ては、いじらしいなぁと思い、
おしりを見ては、かわいいなぁと思い、
ごはんを食べるのを見ては、たのもしいなぁと思い、
我関せずで眠ってるのを見ては、いいこだなぁと思い、
おなかをさわっては、きもちいいなぁと思い、

散歩をしながら、たのしいかいと思い、
からだを寄せてきたら、さみしいかいと思い……ああ、
まったくきりがない。

この犬が、わが家にやってこなかったら、
わたくしたちは、どうなっていたでしょうか。
なにがどうなっていたのかはわかりませんが、
きっと、それはいまよりもっとつまらないと思います。

いまも、犬を見ながらこれを書いているのです。

犬や猫が、どういうふうに人間とつきあっていくか、
どうしたら、お互いが生きやすくなるのか。
そんなことを考えることさえも、
これまでの歴史の積み重ねのなかにあるものです。
「ずっと留守にされていたらさみしい」とか、
「外の寒いところでいるのはつらいよ」とか、
「実はみそ汁かけた残飯は栄養が足りないの」とか、
ちょっと昔のたくさんの人たちは、想像していなかった。

これは犬や猫の例だけれど、愛され上手なやつは、
まずじぶんから「愛してます」とやってくるよね。
そして、なでられやすい場所を見つけさせるよね。
憧れだね、ああいうのは。

ふと思いついて、ツイッターに犬の写真を載せて、
「わたしの仕事は元気でいることです。」
と、1行分の文字を書きました。
なんとなく、思っていることを書いたのですが、
書いたのはじぶんなのに、その文字をじぶんの目で読んで、
なんだか気に入ってしまいました。

「わたしの仕事は元気でいることです。」

いろんな人が、じぶんちの犬や猫の写真に、
そのことばを添えてツイートしてくれてました。

事情があって元気じゃない犬も猫もこどももいます。
それは、仕事をお休みしてるのだと思います。
病気やケガをしているのだけれど、
「元気でいようとしている」犬や猫も見てきました。
これはこれで、とてもいい仕事をしてましたよ。

うちの（ナイスだけれど）心の狭い犬が、
ねこを敵視しているので、その影響を受けて
ねこを敬遠していた時代もあったのですが、
いま、ぼくは、その世界を抜け出しているんニャ。

「いぬねこなかまたちが、みんな、ぬくぬくしてられますように」

◆　いぬが　おちている

▶ひろう　　　そのままにする

虹の色が七色なのは、世界共通のことではないそうだ。それぞれの文化によって、二色だったり三色だったり、四色、五色、六色、七色、八色まであるのだという。▼感情に名前がついていることも、思えば、不思議なものだ。喜怒哀楽と、四つの感情があると、ぼくらの常識のなかでは考えられている。だから、なにか心が大きく動いた場合には、それは喜怒哀楽のどれかの引き出しに入れられる。▼しかし、よくよく考えてみたら、もともと心の動きに名前なんかなかったはずだ。▼「どう言っていいのかわからないけれど心臓がどきどきしているんだ」とか、「涙がでてきてしまうの」とか、「息が荒くなってしまったぜ」とか、「しょんぼりと浮かないんだ」とか、喜です、怒です、哀です、楽ですなんてすっきり分けられないことが多いのではないだろうか。ほんとは、感情の種類だと思われているものは、ぜんぶ、とりあえずのあだ名みたいなもので、実際の感情は、もっと複雑なまぜこぜなのだと思うのだ。▼常識のなかでは「うれしい」はずのシチュエーションで、「うれしい」という感覚が湧いてこないこと。「悲しい」はずの場面で、もっと別の気分でいること。そんなことは、いくらでもあるはずだ。特に、いま起こったばかりのことについては、そういうことが多いのではないだろうか。▼頭をひどくぶつけてしまったとき、痛いと感じるよりも先にあっけらかんとした真っ白な光だけ感じるような、そんなことがあるものだ。ずいぶんと時間が経ってから、あらためて「悲しい」と言いたくなる感情もある。むろん、そういうふうに発見する「うれしい」もある。

「おかゆいところはございませんか」でおなじみの、美容院のシャンプーですが、「おかゆいところ」があるかないかは別として、「うまいこと洗ってもらってるなぁ、気持ちいいなぁ」と、すっかりごきげんになっちゃう場合と、「なんか、そこじゃないし、しっくりこないな」と、ずっとものたりない感じのときがあります。おそらく、アニメにして描いたら、ほとんどちがいはわからないくらいでしょう。だいたい、ほとんど同じことをやっているのに、快感を感じる場合と、不快と言いたくなることとさえある。微妙なところで、まったくちがった感じ方をしますよね。▼これは、マッサージとか指圧とかでも同じことが言える。おそらく、介護とかに関わることや、性的な接触にしても、そういうことはあると思います。人が、からだとからだでコミュニケーションをする場合、ほんのちょっとしたちがいが、よく出るか悪くでるかで、とんでもなく大きなちがいになります。技術といえば、きっと技術なのだと思うのですが、それですっきりするようなこととはちがいそうです。技術があったとしても、これにさらに相性だとか、もともと持っていた気持ちの問題だとかがさらに大きく関係してくるんでしょうね。▼そう考えてみると、あの「美容院のシャンプー」には、誰もが学べるし、学んだほうがいいようなとても大事な秘密が詰まっているとも言えそうです。なにより、この学びがおもしろいのが、「シャンプーされてる側」の人が、いわゆる知識やら教養やらと関係なく「ああ、これはうまい、気持ちいい」であるとか、「これは、なんだかよくないなぁ」ということが確実に判断できるということなんです。ことばを介さずに、どういうふうにして快適なコミュニケーションを成立させるか？　シャンプーの練習で、できるのではないでしょうかねぇ。

なにかの付け焼き刃の知識なのだけれど、人は、年に2度行くレストランがあると、「わたしは、その店の常連だ」と思うのだそうだ。こういうふうに言われると、「年にたった

「2回で？　常連だなんて」と、とても意外な感想を持つ人も多いだろう。実は、ぼくもそう思った。▼しかし、じぶんのよく行くつもりの店のことを、ゆっくりしっかり考えてみてほしい。その店に、この前行ったのはいつだった？　さらにその前に行ったのは、いつごろだったかな？　よくよく思い出すと、年に2回というのは、あんがいなるほどという数字かもしれないと思う。▼海外旅行の好きな人だったら、毎年必ず1度は行くというような土地のことなら、「あそこは第二の故郷だと思ってるよ」くらいのことを思っているかもしれない。ほらを吹いているつもりなんかなくて、ほんとうにそう思っているのだと思う。▼店の常連であるということ、ある地域を頻繁に訪問しているということ、あの人とはよく仕事をしたなぁというようなこと、あの劇団の芝居は数えられないほど観たなんてこと、そういう思いは、数字にすると驚くほど少ないものだ。そういうものなんだと思う。▼そういうものなんだと思いながら、まったく逆のことを想像してみることにする。「毎日やってる英単語の記憶」だとか、「週に2日、欠かさず通ってるヨガ教室」だとか、それこそ、学校の授業だって、すごい回数になっている。これは、ものすごいことなのではないだろうか。年に2回で常連ならば、毎日やってることというのは、もう一体化に近いだろう。この毎日やってることを、ただやってるのではなくて、1回ずつを真剣にやっていたら、すごいことになるよね。

「赤瀬川原平さんを偲ぶ会」という集まりがあった。故人の人徳というべきか、まことに和気靄々とした、おだやかでほがらかなパーティだった。昨年の10月に亡くなってから、時間をおいての会だったのも、よかったのかもしれない。年をまたいで、しかも3月ほど経っていると、ほどよく湿り気がぬけて、からっとした笑いが響きやすい。▼この集いの案内状を受け取った赤瀬川さんが、「これはさ、どうなんだろう、平服ってさ……」などと困り顔の笑顔で、相談してる姿が想像できた。「赤瀬川さんが主役なくらいだから、どんなのでもいいんじゃないでしょうかね、わははは」と、おそらく誰かが答えるわけで、「そうだね。ぼくを偲ぶわけだから、そうだろうね」と、再び赤瀬川さんが納得する。そのうえで、また、心配そうに「帝国ホテルっていうのはさ、ぼくである赤瀬川原平としては、無理してないかね」と、またまた困り顔の笑顔で質問するのだけれど、「もう亡くなってるから、大丈夫なんじゃないですか」とね、南伸坊あたりに言われて、「そうかそうか、ぼくはお亡くなりになってるのか」と、内心の心配をそのままに苦笑している……。▼というような風景を、知りあいの人たちなら、みんな想像できたのではないだろうか。なにせ、あの赤瀬川原平さんの集いなのだから、きっとなにもかも許されることだろうと、参加者は思っていたにちがいないのだ。▼いい会だ、いい故人だ。哀しみは、それなりに済ませてきて、集まってくれた。南伸坊の「セミフォーマル」な場面での挨拶というのは、ほんとうに、心がこもっていて、おもしろくて、ぼくのいちばん好きな「日本語の文」だ。「南は、こういうのがうまいんだよね。いや、うまいと言っちゃいけないんだろうけど……」と、赤瀬川さんが、きっと言ってたと思う。

家のなかに犬とか猫とかのいる暮らしになれてしまうと、その犬や猫がいなくなったら、「わたしたちは、どういうふうにいるのかしら」と、ちょっと心配になったりする、ような気がする。▼なにか犬がおもしろいことをした、とか、なんだか猫の調子がよくないみたい、だとか、このごろはちょっと寝てる時間がふえたね、だとか、そういうことを話すことが、家のなかの会話のずいぶんたくさんの部分を占めている。▼目が自然に犬の表情を見ていたり、散歩やごはんを催促する犬に、少し困ってみたり、家のなかにいるふたりの人間は、それぞれに、またはふたりして、犬を軸にして生きているような気がする。もっと互いを見つめ合いなさいと、余計な説教をされるほど、ぼくらは若くもないので、いまの暮らしは、とても快適なのである。▼ほら、よくある結婚式のスピーチなんかでも、「愛とはお互いを見つめ合うのではなく、ふたりで同じ方向を見つめることです」と言うだろう。この家のふたりは、よく共に犬を見つめている。だから、これでよいのだ、バカボンのパパなのだ。▼しかし、こんなに人に見られている犬というものが、この世からさよならしてしまったら、どうなるのだろう。そのことについて、考えないようにはしているのだが、まったく考えないということでもない。わたしたち夫婦は、窓の外の景色でも見るのだろうか。▼昨日、17年も共に過ごした犬を亡くした人と会った。おそるおそる、犬がいなくなった生活について訊ねた。その人は、落ち着いて話してくれた。「夫とね、他所の人には聞かせられないような、うちの犬がいいこだった話だとか、かわいかったことだとか、じまんみたいなことをね、お互いに、ずっと話しているわ」と。そうか、それはまた、なかなか悪くないなぁと思った。

「野球で遊ぼう。2015」の実況席で、古城茂幸さんが、原辰徳監督のことを、「翌日に残さない」という言い方で語っていた。そういえば、原さんご本人から、お父さんの原貢さんに教わったことだとして、「寝てから考えるな。考えるなら、起きて机に向かって」ということばを聞いたことがある。▼失敗やら後悔やら反省やら迷いやら、考えなくてはいけないようなことが、山ほどある。

なんでもうまくいってる人などいないのだから、うまくいかないことについて、考えるのは当たり前だ。▼しかし、考えることは、身体を動かすこととちがって、いつでも、いくらでも、際限なくできる。そして、考えることを続けていれば、なにかやってるような気になってしまうものだ。(ほんとうは、考えることそのものが目的ではないのに)▼そういうわけで、人は考えることを逃げ道にしてしまう。「ヘタの考え休むに似たり」と言うけれど、休むより、ずっとよくないかもしれない。▼考え中であるかぎりは、始められないのだ。考えながらやる、ということはできるものじゃない。まさしく、行動は思考の停止である。答えが見つかるまで、ひっきりなしに考えていたら、結局、なにもできなくなってしまう。▼だからこそ、あらためて「寝ろ」なのだ。「寝るなら、しっかり寝ろ」なのだ。それでも考えることをやめたくないほど、いいところまで見えているのなら、いっそ「起きろ」だ。これは、練習しないとなかなかできないと思う。▼おそらく、原貢さんも、原辰徳監督も、もともとは「翌日に残す」ような引きずり方をしたり、「寝てからも考える」ようなことをしたりしていたのではないだろうか。しかし、そこから、「そうでないほうがいい」と、練習して「考える」ことと「行動する」ことを分けられるようになったのだと思う。ちなみに、ワタクシも、かなり練習しましたよ。

京都に来てて、近所の店に食事に出かけて、近所の人たちのする「野生の動物」の話を聞いた。どうやら、ここらへんに住んでいる人たちは、たいがいなにかの野生動物に出合っているらしい。

鹿は、どこそこで会った。鹿はよく出る。角がこんな立派だった。草を食ってる動物はうまい。

リスは、あのお寺のあのへんによくいた。いまもいるはずや。いる。

猪は、だいたいの畑が電流の囲いをしてるくらいで、ほんまにもう困ったもんや。会ったら、怖い、母親（猪）は特に怖いで。

熊もおった。いまも、いる。誰それさんの別荘のあのあたりに出た。猟友会が撃った。かわいそうやったけど。人の食べ物を知った熊が山に帰っても、また来るんや。どっちも不幸や。

猿は危ない。猿はなんとか先生のお宅のあたりに。せやけど、猟友会の人も猿は撃ちにくいらしいな。人間に似てるからやりにくいんやて。そういうもんかもしれんな。

アライグマ、あそこのあたりで出て、大きなかごみたいな鼠取りで捕まえて。かわいいけど、ものすご怖いんやて、爪とか鋭い。

狸の親子が、この店の前に来てた。かわいいし不憫やと思ってパンをあげてたら、近所の人にえらく怒られた。無責任なことをしたら、両方にあかん。二階から見てたら、しばらく通って来てた。

田んぼや畑は多いけど、そんな野生の息づく町だったとは知らなかった。うちの犬と野生の方々が出合いませんように。

山のほうで採ってきた野ミツバを食べながらの、話でした。

「いいことしてるときには、
わるいことをしていると思うくらいが、
ちょうどいい」
というのは、吉本隆明さんの教えてくれたことで、
経験を重ねるほどに、身にしみてわかるようになった。

「いいことをしてる」と思っている人は、
どうしても、他の人たちが、
「いいことをしてない」ものに見えやすい。
「どうして、いいことをしないのか」と、
そういう人たちを責めるようになりやすい。

また、「いいことをしてる」つもりなのに、
人びとがそれにつきあってくれないと、
そういう人たちのことを、
遅れた人たちだとか、バカな人たちであると
思ってしまうことにもなりやすい。
「いいことをしてる」人が、認められないのは、
「わるい世の中」であると決めつけてしまいやすい。

世の中は、どんどん悪くなるばかりだと思い、
そんな悪い流れを変えるという
「いいこと」のためには、
多少の嘘も方便であるという考えにもなりやすい。

渋谷公会堂でやった「いぬねこなかまフェス」が、
とても気持ちよかったのは、
中心になっている友森玲子代表の考えもあって、
動物愛護のテーマを、
「いいことをしてる」というふうにとらえないで、
「好きだからやってる」「たのしい」という
「わたしが勝手にやってる」
こととしてやってたからだ。

犬や猫がやってほしいのは、「いいこと」じゃない。
いっしょに、たのしく生きられることだけだ。
手伝っていて、ぼくは思う。
「ああ、いいことせずにすんで、よかった」とかね。

鶏のように空を飛んでみたいなぁという望みが、
人間に飛行機を発明させた。

「鶏のように空を飛んでみたい」は、おかしいだろう。
「鳥のように空を飛んでみたい」と書くべきだ。
「鳥を買ってきたから、鍋をしよう」という場合は、
「鶏を買ってきたから、鍋をしよう」でもかまわない。

ママチャリに　パパが乗っても　いいかしら
ママレード　パパも食べても　いいかしら

目の前の信号、好きにしなさい、と。
信号よ、おまえはただの赤やら青やらにしか過ぎない。
そんなもののせいで、ダッシュなんかしてた俺よ、
もうやめよう、そんな馬鹿なことは……と思ってね、
じっと信号待ちをする老紳士の練習をしているのです。

みんなは、じぶんの遺影候補って決めてないのかな。ぼくは、あるよ。

あの人この人、それぞれに、
じぶんのことを「ふつう」だと思っている。
しかし、じぶん以外の人たちからは、
「あんたはふつうとは言えない」と思われている。
ドラマのなかには、「ものすごくふつう」
という設定の人物が、いくらでも登場している。
しかし、現実には、どうやらそういう人はいない。

「ふつう」という人がいるかのように考えたほうが、
ものごとを管理しやすいということは言えそうだ。
あの人もこの人も「個別に変わってる」と思うと、
そのぜんぶに個別に対応しなきゃならないということで、
ものすごくめんどくさいことになるだろう。
だから、「ふつう」というのがあることにして、
ものごとを進めて行くというわけだ。

つまり、「ふつう」というのは、
いることにする、あることにしているものだ。

そんなことを考えたあげくに、
人は、いや、ぼくらはまだ言い張る。
「おれこそが、やっぱりふつうだ」と。
どうしても、そう思えてしまうのだからしょうがない。
ぼくが変わっているように見えることがあるとしたら、
それは、あまりにも「ふつう」であることが、
人並外れているから、そんなふうに見えるのだろう。
ぼくに比べたら、ぼくの知っているすべての人は、
ずいぶんと「ふつう」じゃないな。

寝ているときには、誰もが平等でしょう。
王さまでも貴族でも金持ちでも奴隷でも、
眠りの国ではみんないい気持ちになれるんですから。
「人が寝る」って、なんていいことなんだ。
屋根のある暖かい部屋で清潔な床に入れて、
安心して眠りにつけるということについて、
「ありがたいなぁ」という気持ちでいようや、オレよ。

こういうことを、腹の底からわかったら、
それが「機嫌よく寝る」ことの完成形だと思う。
こんなたのしみを、毎日味わえるんだぜ。
で、永遠にその眠りのままになった日が、死んだときだ。

なんてことを語っていたら、
「禅みたいですね、寝てるだけで」と言われたので、
これを「寝禅（ねぜん）」と名付けることにした。

「それはそうと、イトイさんは、
お相撲とか好きですか?」と訊ねられた。

「あ、いやその……どうしてですか」と返した。

「ぼくは、大好きなんです」

「ああ、そうなんですか」

ただそれだけのことなんだけどね。
「それはそうと」って、いいなぁと思ってさ。
「それはそうと」の後には、なにを言っても、
なんとなく成立しちゃうような気がする。
なんだろう、すっごく言いたいことなんだろぅね。
「ぼくは、大好き」なことを、会話の流れと関係なく、
言っておきたいなぁっていぅ気持ちなんだろぅな。

【問い】「それはそうと」ということばを使って、
例文をつくりなさい。

白鵬は、なんで「ねこだまし」をやったのだろうか。
「どんな手を使ってでも勝つ」という、
崖っぷちの発想だと思うと、あんまりおもしろみはない。
亡くなった北の湖理事長が批判したことも理解できる。
でも、ぼくは、ちがう想像をしていた。
「ねこだまし」という日本の相撲に伝わる奇妙な技を、
見てみたい、できることなら使ってみたいというのが、
白鵬の気持ちだったのではないだろうか、と。
稽古でやってみてうまくいっても、それでは意味がない。
本番の壮絶な真剣の土俵で、「ねこだまし」は可能か？
失敗も覚悟で、ためしてみたらうまくいってしまった。
そんなふうにも思えたのだけれど、どうなんだろう。
ぼくが白鵬なら、それは、一度はやってみたいことだ。

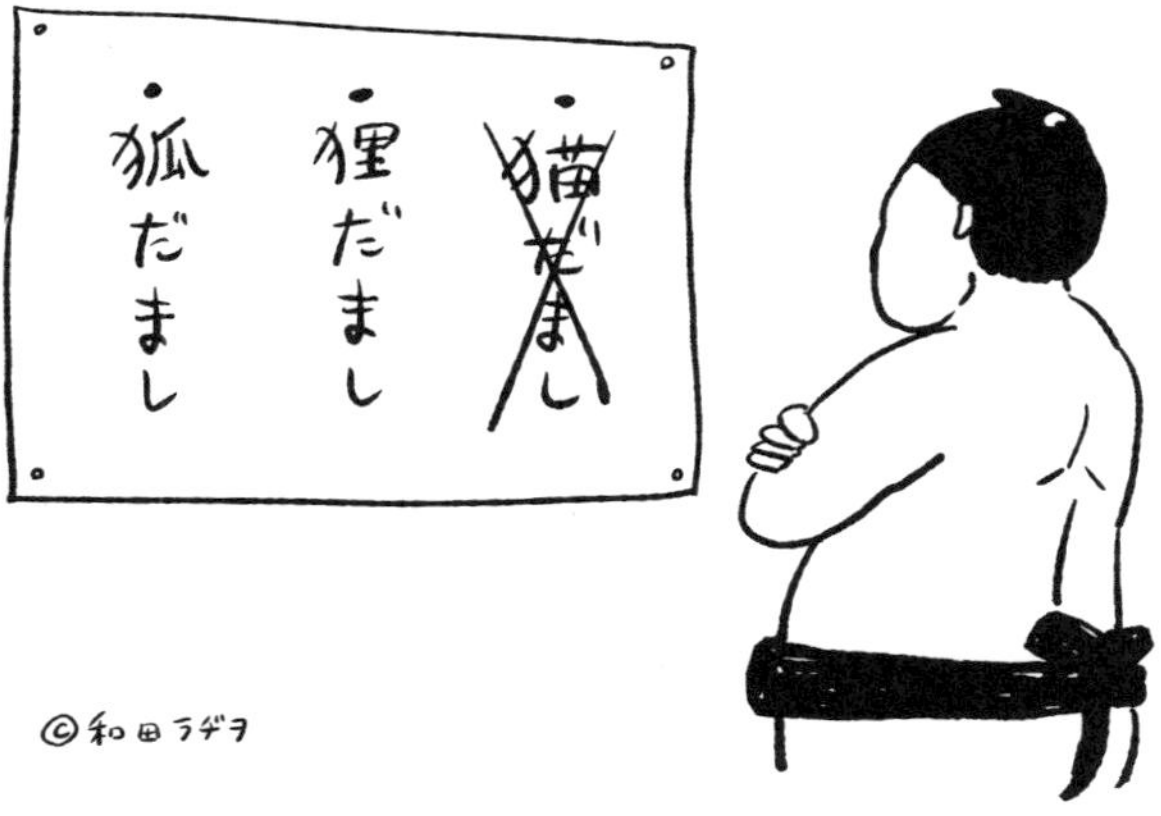

猫だまし
狸だまし
狐だまし
©和田ラヂヲ

まほうつかい。

雨の水曜日。
魔法使いの引越しがあったのかな。
いつまでここにあるだろう。

年が行く、年が来る。
西畠清順さん、椿をありがとう。

今日あたり
羽化したやつかな?

ここは、どこ？
わたしは、なにをしにきたの？

学校の入試だとか、いわゆるテストのときに、
他の人に相談するのはいけない。
ところが、社会に出ると、
まったくそれは逆になるわけです。

相談できるところは相談しなきゃ。
参考書を読んで参考になるなら
どんどん読まなきゃ。
会社やチームの外にいる人からだって、
意見を聞こうよ。
記憶があやふやなままにするんじゃなくて、
ちゃんとしたデータを参照してくれよ。

学生時代に、誰にも頼らず、
「ひとりでできるもん！」をまじめにやってきて、
どうだ、こんなにたくさんひとりでできるんだと、
胸を張って自慢していたようなことを、
そのまま続けていると
社会では伸び悩むことになります。

社会は、個人的な優秀さを競い合う場ではなく、
複数の人が力を合わせて、
問題を解決する場なのです。

「お手柄をあげたい！」という気持ちだけでは、
他の人に味方になってもらえなくなります。

ほとんどすべての仕事は、
「合作」であり「協業」です。

独立的に見える画家や
音楽家などのアーチストでも、
その作品ができたというだけでは、
仕事になりません。
たくさんの人の助けが必要なのです。

ひとりの人の身に備わった「実力」は、
もちろんいつでも問われているでしょうが、
もうひとつなにかを成すには
「協力」という名の力が、
とてもとても必要なのです。

「協力」という大きな力を与えられてない人は、
ひょっとすると学生時代のテストのやり方が、
すっかりクセになっているのかもしれませんよね。

できることと、できないこと。
ほんとうは、まずは、
それを見分けることから始めなくてはならない。
決意を語ることは、その後にやることなのだ。
「できるのだろうけれど、きわめて困難だ」という場合、
それを「できること」のほうに分けるのか、
事実上の「できないこと」のほうに分けるのか。
そういうことを、必死で考えることが、
ほんとうに大事な助走になる。
この助走をまちがってしまうと、スタートで事故る。

どことどこを、「後で考えればいい」と決断できるか。
それこそが、なにかをやれている人たちの特長だ。
ぼくの知っている「実行力」のある人は、
とにかく「手を付ける」のが早い。
人には会う、場所には行く、スケッチを描く。
「どうなったらうれしいか」について、
もうすっかりできているかのように語り、笑う。
足りないところに気づいたら、また人に会い……と。
ものごとは、踊りのように動いていくものだ。

ありとあらゆる意見を聞いていたら、
なにかをスタートすることも
前に進めることも無理になってしまいます。
他の意見を聞かないのはもちろん困りますが、
聞きすぎることによっての停滞というのは、
実はかなり大きな問題だと思うのです。

試行錯誤が繰りかえせる状況にまでなっていたら、
それはもう、かなり「これはもうできた」に
近いところまで来ているっていうことなのだと思う。
どれほど遠い道のりに見えていても
「まちがったら直せる」ところまで来ている。

「いちばんいい考え」を探してぐだぐだやってるよりも、
「けっこういい考え」に合わせてどんどん進んでっちゃったほうがいい。
「いちばん」なんてものは、やがて「ただのふつう」になるんだし。

戦術でも、理論でも、コツでもなんでも、
それを「自由に使える」かどうかが問われる。
知ってるとか、わかるとかについては、
それだけでは、ほとんど意味がない。
おそらく、実際の試合に臨んでいる選手たちは、
さまざまな技術を「早口ことば」をすらすら言うように
使えるところまで練習しているのだろうな。

みんながなんとなく反対しにくいようなことは、
「なぜ（Ｗｈｙ）」が忘れられやすい。
「そうに決まってる！」と思われているからでしょうね。
当たり前に見えるようなことの、
「なぜ」をおさらいして、ことばにしてみる。
うまく言えない場合もあるでしょうが、
その場合も、この「なぜ」はうまく言えないんだなぁと、
心に留めておくことが大事だと思うのです。
「なぜ」があまりにもわかりにくかったら、
やりはじめたことでも、撤退してもいいかもしれません。

もうひとつ大事なのは「どうやって（Ｈｏｗ）」。
勢いよく「やろうやろう！」ということは言えても、
そこに「どうやって」がなかったら、
ほんとはスタートもできないはずなんですよね。
いわゆる「反対派」や「野党」という立場になったとき、
おおぜいの支持が受けられるか否かは、
主張のなかに、じぶんたちの「どうやって」が、
しっかり組み込まれているかどうかがカギになります。
「なぜ」と「どうやって」は、まずじぶんに問いかけろ。

知らなかったこと、会ったことのない人、知らない場所、
そういう新しいものごとに出合うことで、
使ったことのない筋肉が動かされます。
脳内のシナプスも、新しいつながり方を探します。
そんなことが、億劫になっていくのが、
頭がかたくなるということだったり、
老いるということだったりするようにも思えます。

人でも組織でも、だんだんと安定に向かうわけです。
へんに飛び出したところだとか、いかにもな失敗とか、
できるだけなくしていったほうが、うまくいく。
不確かなことだとか、危なっかしいことはなくして、
うまく確実になにかができるようになったほうがいい。
少しずつ、思ったように安定に向かっていって、
やがて「止まる」、さらにいえば「死ぬ」わけです。

その途中では、きっと「うまくいくこと」ばかりを、
選び続けていく時期があると思うんですよね。
それはだめでしょう、やっぱり、動いてなんぼですから。
「はじめてのこと」のストレスを望むようでなきゃね。

「やりたい」ことを思いつくだけでも幸せだ。
それを、苦労しようが失敗しようが始められるのは、
ものすごく恵まれたチャンスだと思う。
「やりたくない」ことや、
「やらなきゃならない」ことをやっていても
ちゃんと時間は過ぎていく。
そればかりやっていて一生が終ることだってあるだろう。

「やりたい」と思えるようなことを、
「やりたくない」ことや、
「やらなきゃならない」ことだらけの荒野のまん中に、
しぶとい雑草のように植えつけてやるんだ。

そいつが広がっていくうちに、鳥もくるだろう、
どうぶつも飼えるようになるし、
屋根のある家も建てられるかもしれない。
水を溜めたり、さらに作物を育てたりしていくうちに、
なにより素敵なことに、人だって集まってくるんだ。
笑顔やら、たのしい話やらをみやげにしてね。

しつこく言うよ、同じことを。
「やりたい」ことを思いつくだけでも幸せなんだ。
それを、じぶんたちの手で始められるのは、
ものすごく恵まれたチャンスだよ。

言い方は難しいのだけれど、
「非常時」には「非常時」なりの簡単さというのもあってさ。
逆に「平時」の複雑でぬるっとした困難は
長く続くし矛盾も多いし、なかなか大変なものになる。
アイディアとか創造性とかが、ほんっとに必要なんだよなぁ。

「やったほうがいいこと」って、これからは、行政と、非営利組織と、企業と、個人とが、それぞれにあんまり境目なくやっていく時代になるんじゃないかと想像しているんです。

なんとなく頭のなかに、ポスターにして貼っておく。

キャンペーンのコピーなど考えるときにも、
そうやっていました。

思いついた仮のキャッチフレーズを、
頭のなかのご町内の掲示板に貼りだしておくんですね。
そうすると、そのポスターの前を、
気づきもしないで通り過ぎる人とか、
興味深そうに立ち止まってくれる人だとか、
批判的にその欠点を言い募る人だとかが現れてくれます。
まぁ、つまりは、すべてじぶんの分身なんですけどね。
とにかく、この頭のなかのご町内という考え方とか、
そこにポスターで掲示しておくとかいうやり方は、
ぼくなりの、思考の経験化というようなもので、
なかなかいいんです。

「決断」というのは、ただの判断ではない。
どっちが有利かとか、どちらが得ですらない。
不利やら危険やら損失やら不公平やら被害やらがあろうと
「わたしはそれを選ぶ」というものだ。
いやいや、無理に不利や危険の方に向かうわけじゃないよ。
たとえ、リスクがあったとしても覚悟するということだ。

「どうやってつくるか」とか、
「どういうものをつくるか」は、
とても大事なことであることは確かです。
でも、それは、それを「ほしいと思う人たち」がいて、
はじめてつくれるようになります。
仕事として続けていくためには、
「ほしい人たち」が必ず必要になります。
「ほしい人たち」は一般的には「市場」と呼ばれます。

仕事を生み出そうとしている人たちの話を聞いてると、
近くに豊富にある材料のことだとか、
これまで以上に利益を大きくする方法のことだとか、
つくるものを魅力的に見せるやり方だとか、
「つくる」側の工夫について考えていることが多いです。

農業や漁業などの第一次産業をやっていた人たちが、
その素材を加工することによって付加価値を上げ、

さらにそれを自前の方法で販売していく……という「第一次産業＋第二次産業＋第三次産業」の六次産業化という話が聞こえてきたりするのですが、そういう算数みたいな「あいことば」で、ほんとにうまくいくんだろうかと考えています。

ほんとうに、いちばん考えなければならないのは、「ほしい人たち＝市場」のことなのですが、そのことが最も切実で重要な問題だということが、あんまり考えられているようには思えないのです。

「産地のいい素材を、うまく加工して、全国のお客さまにインターネットでお届けする」と、言うのは簡単ですし、やることもできますが、その「お客様＝ほしい人たち＝市場」は、どこにいて、どうやって会うのでしょうか。
「メディアが取りあげてくれたらこっちのもの」だ、なんてところの先に「市場」があるのでしょうか。

「できることをしよう」と、よく、ぼくは言う。
たぶんそれは、「できないことをするな」ではない。
むろん、「できもしないことを言うだけ」でもない。
「なんとかできること」を、ほんとに「しよう」よ、だ。
なんでもできるなんていう超人はいない。
「できることをしよう」と決断して実行する人ならいる。

なんの手伝いにもならなくても、
「いいなぁ」という視線が集まると、
なんでもやりやすくなってくるものだ。

用意するものごとは、いくら多くてもかまわないが、
それを実際に本番で使うときとか、受けとめるときには、
「すくなめ」のほうが、「いっぱいすぎる」よりいい。
プレゼンテーションやら自己紹介でもそうだ。
相手が消化し切れないものを渡すのも迷惑だし、
受けとめ切れないものを受け取ろうとするのもいけない。
「すくなめ」は、身体や組織の機能を活かすことになる。

仕事しなくちゃ、と思いながら休むのは、
休みになってなくて「働くことから逃げてる」となる。
同じように「休まなくちゃ」と思いながら働いてるのも、
「休むことから逃げている」とも言えるわけで、
どっちもよろしくないのであります。

いま、仕事をするのか、休むのか、
それを決めてその時々に臨むのが、とてもよい。
まさしく、「じぶんのリーダーは、じぶんです」だ。

ぼく自身の若いころにも、徹夜はよくやっていた。
文句言ったりしながらも、それをする理由は、
じぶんがおもしろいからだったような気がする。
あるいは、じぶんが非常事態のなかにあるというような
ちょっと生意気な選民意識もあったかもしれない。

いまは、徹夜をしてはいけない、と言っている。
さらに言えば、月に何時間以上働いてはいけないとか、
年にどれだけ休まなくてはいけないとかのルールがあり、
それを守るようにしくみをつくっている。
なにか無理をしてそうな人がいたら、
どうやってそれをさせないようにできるか考えるのは、
組織をやっていく上での、大事な仕事だ。

そうそう簡単にできるとは思わないけれど、
少なくとも志向していくのは、そっちのほうだろう。

ただ、どうしても、
「おもしろいから無理をする」ということが、
過去の遺物扱いされてしまうのはおもしろくない。
恋人同士が夜の明けるのに気付かないような時間や、
趣味の模型ができるまでやめられないような時間と、
同じような夢中の時間が、仕事のなかにはある。

責任者として「無理をするな」と叱る気持ちと、
先輩として、「夢中になれよ」と言いたい気持ちは、
実は根っこのところでは同じだとも思えるのだ。

ぼくがときどき言われていたよくある誤解は、

「ばりばり売れるようないいコピー書いてくださいよ」

というようなものだったけれど、
現実のクライアントは、こんなことは言わない。

酒の場の冗談みたいな言われ方がほとんどだ。

ろくでもない商品に、うまくできたコピーを
ぺたっと貼りつけたところで、どうにもなりゃしない。
それでも、コピーライターというと、
「なにやらうまいこと言って売りつける人」であると
思いたがっている人たちはたくさんいた。
そういう人たちに、あえて説明するとしたら、
いいコピーライターというのは、いい仲人なのだと言う。

「男女、たがいのいいところを見つけて、
それをわかりあってもらう」
それがうまくいって、どちらも幸せになれたら、
いちばんうれしいことではないだろうか、と。

「うまいことを言う」のではなく、「わかってもらう」。

このちがいは、ずいぶん大きいと思うのだ。

コピーライターとして知られたことで、

「うまいことを言うやつ」というイメージが付いてくる。

これは、なかなかめんどくさいオマケなんだよねー。

「ほぼ日」のチームのことを、
「同じ船に乗っている人たち」という比喩で
語るようになったのは、いつごろからだったか。
船だから、そこで働く人たちは、乗組員というわけだ。

船で喩えられた仕事の場だから、
海のいい場所を定めたら漁もできるし貿易もできる。
そして、漂流もあれば、難破や座礁もあるかもしれない。

航路というものはあるのだが、
陸地のように線路が敷かれているわけでもないし、
はみ出したら危ない道路もない。
基本的に、じぶんたちの行くところが航路だ。

さまざまな島を巡って、仲よくなったり休んだり。
ときには、その島に住みつく乗組員もいるかもしれない。
広大な大陸に船を着けて、しばらくそこで働くのもいい。
その港で、別の船を組み立ててもいいや。

航行中の船には、裁判所も警察も軍隊もないから、
陸地にいる人間たち以上の倫理観が必要になるだろう。

船のなかにいる者は、ひとりびとりが皆、
他の誰かに必要とされるよう仕事を探すことだ。
力不足な乗組員は、力不足なりに役に立とうとする。
それは、ルールではなく礼儀なのだ。

巨大な船の引き波に巻き込まれないようにしよう。
大きな船の航路に近寄るのは安全だとは言えない。
大きな船の通り道に近づきすぎると、
引き波による転覆の危険があるのだ。

船の上は、海の上でもある。
他人の目をいちいち気にすることはないだろう。
ただ、昼はお天道様が、夜は月と星が見ている。
人ではなく、空からの目に恥ずかしいことをするな。

ぼくは直接きかれたことないんだけど、
「イトイさんって、週に何度くらいほぼ日に来るんですか？」って、
うちの乗組員たちはきかれるらしい。
「毎日ですよ、会社だし」って答えると、
「えーっ！」って驚く人さえいるんだそうだ。
梅宮辰夫さんの漬物屋さんとかと同じように考えられているのだろうか？

弊社のイベントでは
「安全第一。おもしろ第二」というスローガンを掲げている。
最近うまれた赤ん坊の親には、
「元気第一。かわいさ第二」と告げている。

ぼくは社内の人たちの、
夫婦間のいさかいの話を聞くのがわりと好きです。
ほんとうに深刻になっている場合には、
そんなねぇ、好きですなんて言ってられないでしょうが、
よくあるパターンで、しかも
まじめに争っているというのは、
徒然草を読んでるような、味わいがあります。

40歳代になったばかりの男たちが、妙に老人ぶるのは、
「年齢による変化の入門者」だからなのかもしれない。
なんでも、はじまったばかりのときには、
まるでベテランのような口ぶりで、それを語るものだ。

おれの場所。

ハッピーバースデーおれ。

増田セバスチャンさんの内覧会にて。

うえから。

ブイちゃん元気ですか。
おとうさんは、
ツリーハウスの上です。
すっごく気持ちいいです。
いつか来られたらいいね。

大瀧詠一さんが、１９６０年代のアメリカのポップス黄金時代を体験してきたことを、
「たまたま申し訳ないくらい良いときだったんだよ」
と語っていたようですが、
ぼくらがいま生きている時代の日本のマンガも、
「読みはじめたマンガすべてに、なにかある」
といっていいくらいの
「申し訳ないくらい良いとき」だと思います。

ほとんどのマンガにいいところがあって、
たとえ１００点満点の60点でも損した気にはならない。
インターネットのなかで、ひょいっと見つけるマンガも、
ほんとにおもしろいのが多い。

山本さほ「岡崎に捧ぐ」より

とよ田みのる「最近の赤さん」より

見つけるたびに、つくづく感心してしまう。

掘れば掘るほど埋蔵金だらけだ。

いまの日本には「画の得意な向田邦子」が、群れになって生きているんじゃないか、とさえ思える。

未来のある日、「あの時代のマンガは層が厚かった」と、きっと語られることになるだろう。


恵まれた時代に生きていることに、ぼくらは感謝して、いままで以上の量を読み、さらなる期待を、書き手や描き手、そして編集者たちに届けることで、このマンガ黄金時代の輝きを、さらに輝かせるようなことをいたしましょうや。

小山健「手足をのばしてパタパタする」より

©simico/comico
simico「しみことトモヱ」より

ミグノンにいる「まわる先生」は、一年くらい前に愛護センターにきて（つまり捨てられて）、うしろ脚は動かないし、年齢も15歳を過ぎているし、「先も長くはないな」という老犬だったんです。▼「だったら、うちで見送ればいいか」と、友森代表がミグノンに連れてきたのがはじまり。その後、うしろ脚の部分に植木鉢用の台車みたいなものをつけたら、なんと、前肢で漕げば動けるとわかっちゃったもんだから、台車の音をガーガーさせながら動き回るようになった。動けることは生きること、とばかりに、元気もどんどん取り戻して、「人気のへんな犬」に昇格。それでも、ちょっと前からほんとうに寿命が尽きるのか、寝たきりになってしまったのだけれど、食欲はあるし、寝たまま運知をして生き抜いていたわけ。▼「しぶとい」とか「ものすごい生きる気迫」とか、大向こうの称賛を浴びているうちに、またまたあらためて、再度、元気になってきて、昨日から、また台車をつけて立つ練習をはじめたという報告があった。すっかり抜けかけていた毛もふさふさ生えてきて、肉づきも戻ってきて、目の輝きもきらりんっと復活。▼そんな「まわる先生」に会ったら、さぞかし、元気をもらえるのではないだろうか、と会いに行った。

もちろん、行ってよかったと断言できるね。「生きる」「生きたい」「生きるつもり」って、ものすごく当たり前のことなんだと、よくわかったよ。「まわる先生の御札」とか、身につけたくなったね。「生きる」がわからなくなったら、まわる先生を見ればいいよ。

NHKが放送開始90年になるということで、思い出のラジオだとかテレビだとかについて、取材を受けていた。▼話題は1982年から3年間ぼくが司会をしていた『YOU』という番組のことになった。なにかと思い出の多い番組だし、いまでも、画期的だったとか、たのしみに観てたとか、いろんなうれしい感想をいただいたりもするのだが、そういう声だけを、ただ信じていいものでもないらしい。支持してくれた人もたしかにいたのは知っているが、同時に、「けしからん」「なめるな」というような貴重なご意見というものが、これまた画期的に寄せられていたのだそうだ。▼ぼくは、そのことを、つい数年前に知った。当時のディレクターが、いまごろになって、「イトイさんには見せませんでしたから」と、笑いながら伝えてくれたのだった。「なんにも知らずにたのしく真剣にやってたよ」「そうしてもらいたかったですから。局内からの批判も含めて、プロデューサーのHさんが、徹底的に守ってくれてました。だからできたことが、結局その後評価されたんです」いまになると、大人だからよくわかる。そういう状況だったかもしれないなぁと思い当たる。▼いまの時代だったら、こういうことはないだろうなぁ。あらゆる非難は、言いがかりみたいなものまでも含めて、すべてが本人の目や耳に入るようになっている。1982年ごろにインターネットがあって、もしぼくが同じように『YOU』の司会をやっていたら、落ちこんだか、黙らせてやろうと感情的になったか、誰にも批判されないような方法を身につけるか、なんにせよ、ろくでもない所に力を使ったにちがいない。そうならないように、プロデューサーが仕事として、ぼくに対しての情報をコントロールしていたわけだ。▼ほんとうは、いままでも、そういうことは必要だと思う。「なんでも言ってください、善処します」なんて考えは、元気で新しいことをやるときには、ジャマになるだけだ。

ぼくは、中年になってから「ぜんそく」になった。小児ぜんそくだったこともあるのだが、それは成長して体力がついてくるうちに治っていた。治っていたはずの「ぜんそく」に、30代半ばになって、またつかまってしまったのだった。▼横になって寝ようとするとせきがひどくなって、呼吸が苦しくて眠ることもできない。せき止めのスプレイは、連続して使わないようにと注意されているのだけれど、発作がでると苦しいので、3分も経たないうちにくり返し使ったりもした。上半身を起こしているほうがらくなので、ファミコンのマリオブラザーズをやっていた。その後、ぼくがゲームをつくるようになったのは、このころにお世話になったマリオに対しての恩返しのような気持ちもあった。▼「だまされてもいい」というくらいの気持ちで、さまざまな人たちが「あれが効く」「これが治る」とすすめる治療法は、かたっぱしから試していった。漢方やら民間薬、食事、鍼、背骨の矯正、温熱、祈祷、新書に紹介されている「画期的な治療」の数々、先祖を敬いなさいという教え……とにかく、外れてもともと、あたったら幸いとばかりに試した。たいてい、症状が悪くなったら「効いている証拠」という説明を受けた。なにも変わらない場合には、そう簡単なものじゃないから「気長に続けなさい」と諭された。▼結局は、紹介されて大きな病院の呼吸器科に通い、日進月歩の「現代の医学」で、診断され治療をはじめて、やがて発作もなくなり、なんのクスリも要らなくなった。まっすぐに歩けばたどり着くあっけない結論だった。「おぼれる者は藁をもつかむ」と言うけれど、「藁をつかんで、まちがってでも助かるならそれでいい」という気持ちがあるのだ。▼ぜんそくのときのじぶんの「意外なまでの迷走ぶり」は、とても勉強になったと思っている。おぼれていてもバカじゃない。なのに藁をつかもうとする。

吉本隆明さんが「ありがとう」と言

うのを、あんまり聞いたおぼえがない。それはそれで、なかなか吉本さんらしくてよかった。▼昔の日本で育った人は、あんまり「ありがとう」と言う習慣はなかったような気がする。いまなら「ありがとう」というような場面では、「すみません」とは言っていたと思う。そして、「ありがとうございます」というように、「ございます」をつけた礼儀のことばとして使っていた。「ありがとう」をナマで使えるのは、目上の人から、下の人へだけだったのではなかったかな。同格や、とても親しい間柄だった場合にでも、あらためて「ありがとう」なんて言ったら、「よせやい、水くせぇ」ということになるだろう。「礼にはおよばねぇよ」というのも同じことだ。▼感謝を伝える、親しい関係のなかでも、こまめに伝える、というのは、人間関係の技術のひとつとして、ある時代から広まった文化なのではないだろうか。ぼく自身のことを考えても、ぼくの「ありがとう」は、意識的に「好もしい習慣」として学んだものだと思う。自然にしていたら、「ありがとう」の場面で、「いやぁ、これはどうも」「わぁ、すみません」と、吉本さんと同じような反応をしていたのではないか。「ありがとう」は、言ったほうがよろこばれるし、さまざまな関係がスムーズであるような気がして、江戸時代の人が洋服を着るように学んだのだ。たぶん。▼もちろん、いまの社会の流れのなかで、「ありがとう」と言うことは、もっと広がるだろう。ただね、感謝の気持ちをぜんぶことばに出すだけでなく、「沈黙」の大海のなかにゆらゆらさせている人も、いてもいいんだよ、と、思ってもらえるといいなぁ。▼これは、「ありがとう」ばかりのことじゃない。「愛してる」だとか、「悲しい」「うれしい」でも、ことばにして言うだけじゃなく、感じてる人がいるんだ。「有言実行」がよいこととも てはやされるけれど、そのことばの先祖は「不言実行」だからねー。

そのヒトやモノやコトが、「いい」か「わるい」か「どっちでもない」かの判断は、それなりに当たってきたんじゃないかなと思える。あくまでも主観でいいのだから、他の人たちとちがっていてもかまわない。じぶんが「いい」と思ったものを、「いい」と言ったり買ったり関わったりすればいい。ついでにいえば、「わるい」と感じたものについては、特になにか言う必要もないので、無視していればいい。ぼくは、そういうふうにしている。▼しかし、そのヒトやモノやコトが、「売れる」か「売れない」かについては、まるでくじびきのように結果と比べられることになる。考えようによっては、「いいわるい」よりも、こっちのほうがビジネスにつながる重要な問題になる。▼たいていの場合、ぼくは「売れる売れないについてはわからない」と言う。わからないなりに、じぶんでも予想はしている。ない知恵をしぼって推理したりすることもある。でも、その結果が当たったと思うこともあれば、はずれたと思うこともある。「売れる売れない」のほうが切実なのに、ぼくは「わからない」と言ってることが多い。どれだけ当たったことがあるとしても、そう言う。▼100個売れて、うまくいったという場合もあるし、100万個売れても失敗だということだってある。そして、売れ行きという面では失敗なのに、「なにかとても大きなものを得る」ということがある。結果的に「どうなればいいのか?」は、実は当事者だけが判断できる大事なことなのだ。「売れない」ことを望む必要はないけれど、「売れる売れない」を考えすぎているくらいなら、一歩も二歩も戻って、「いいわるい」をもう一度考え直したほうがいいと、ぼくは思う。

先日、猫を飼ってる人の家にいったら、そこの家の猫がおもしろかった。爪研ぎをしたり、台の上にお座りしてみせたり、毛づくろいをしたり、水を飲んだり、側に寄ってきてのどをごろごろ鳴らしてみせたり、とにかくバラエティに富んだことを次々にやるのだ。それは、ぼくら猫の生態をよく知らない客に向けて、「猫っていうのは、こういうことをするんですよ」と、教えてくれているように思えた。▼「あ、その場所でシャッシャッて爪研ぐんだ」とか、「そのボンボンでじゃれて遊ぶわけね」とか、ぼくらは猫のオリエンテーションを見ているようだった。いやいや、恐縮でした。▼その、これ、冗談みたいに読まれてるかもしれないけど、そうとも言えないんですよね。幼児のいる家に行ったりしても、そこんちのその幼児くんが、お客さんをつかまえては、シロホン叩いて見せたり、絵本をでたらめに読んでくれたり、よだれつきのお菓子を分けてくれたりするものだ。こんなふうな「外務大臣」的な行動が、太古から人間には備わっていたのだろうと思う。そういうふうなことから考えれば、ヒトの2～3歳児と同程度の知能と言われている猫が、「猫っていうのは、こういうことすんですよ」と、猫なじみのない人たちに教えてくれるというのは、なんの不思議もないように思える。▼ま、ぼくらも猫の生活にまつわるエトセトラについて、教えを乞いに行ったわけじゃないのだけれど、いろいろ勉強になってよかったよ、と。じぶんのことを伝えるって、友好と安全に関わるんですね。

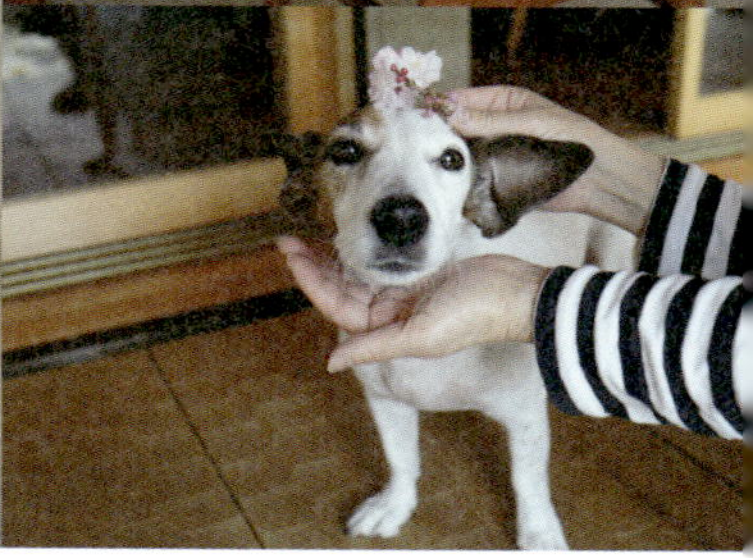

人間がボールを投げる。
それに先んじるくらいのタイミングで、
犬がダッシュし全速力でボールを追いかけ、
口にくわえて、これまた全速力で戻ってくる。
あんまりその遊びを続けたがるものだから、
いったい何度やったらやめるのか、
根比べをしたことがあるのだけれど、
生命に差し支えるような気がして中止した。

愛犬ブイヨンにとって、ボールは獲物であり、
ボールは目的であり、ボールは命そのものだった。

あれほどボール投げが好きだったうちの犬が、
このごろは、あんまりそれを望まなくなった。
投げてほしいと要求する回数が、じょじょに減って、
このごろは、一度もボール投げをしないまま、
帰ってくることもある。
それでも、おしりの用事があって出かけるときには、
一度も使わなくてもひとつの象徴として、
ボールをくわえて玄関を出て行く習慣は続いていた。
だが、それも、省略してもいいようになってきた。

ブイヨンは、11歳と半年生きてきて、
いま、「狩猟犬」であることを辞めたのだと思った。

疲れも感じさせずボールを追いかけ、
大きな口にくわえて得意満面で戻ってくることは、
おそらく、彼女の身体のなかに隠されている
「狩り」をするための血のせいだったのだ。
そんな機能を、ぼくらは欲しかったわけではないから、
ブイヨンがボールをとってくることは、
ぼくらのためではなく、
彼女の大事な遊びだったはずだ。

「狩猟犬」であることを辞めたブイヨンは、
これで、晴れて、愛すべき役立たずになってくれた。
もともと、なんにもできなくても大好きだったんだよ。
そういうことを、知っているのか、知らずにいるのか、
ひとりっこで育ったこどものように、
いままで以上にのびのびとうろうろしている。
ぼくも、いつか「狩猟犬」をやめるのだろうなと思った。

愛されるのに理由はいらない。
それが家族ってものだよね。

山本さほ @sahoobb
先ほど、うちの犬が息を引き取りました。
最後は、家族みんなに見守られて私の腕の中でした。
最期に立ち会えて本当に良かったです！
長い間お疲れ様。天国ではたくさんご飯食べれますように…。

糸井重里 @itoi_shigesato
犬は、先を歩いていくんですね。あっちでも元気でね。

戸田昭吾 @todabu
いなくなってつくづく思う。
犬に散歩に連れてってもらってたんだなって。

糸井重里 @itoi_shigesato
「まる」、あっちでげんきかなぁ。

友森玲子 @petMignon
まわる先生は今朝、あちら側へいきました。
直前までたくさん食べて色々とはげんでいました。
なので苦しみはなかったようです。

糸井重里 @itoi_shigesato
あちら側でも、みんなの励みになってると思う。

イラスト＝雲がうまれる

「LIFE」には、「いのち」という意味がある。
「いのち」がいのちであることを「生きている」という。
「いのち」が活動している状態を表すときには、
「生活」「暮らし」というふうにも訳される。
そして、それをやや概念的に道のりのように見て、
「人生」ということばで表現されることもある。
でも、おおもとの起点は「いのち」だと思う。

「いのち」それは「LIFE」。
「LIFE」それは「いのち」。

笑っちゃいけない、だってほんとうにそうなんだから。
その「LIFE」こそが、すべての始まりだと思うと、
なんだか、いろんなことが愛おしいような気がしてくる。

たいていのことは「よろこび」の交換なんだと考えてみる。

「ミグノン」の友森さんは、これまでに、
犬や猫を数え切れないほどたくさん保護して、
新しい家族を探して生きていく場所を確保させたり、
世話をし続けたり、看取ったりをくりかえしてきている。
じぶんの命を削るようにして育てた猫や犬を、
「他の家にお届けする」のが、大事な目的である。
つまり、いちばん目的を達成できたよろこびの時は、
同時に、いっしょに生きてきた動物との別れの時なのだ。

あえて軽い感じで、友森さんに訊ねたことがある。
「別れるのって、さみしくないの?」
「それはさみしいけど」とかの前置きは一切なしで、
すっと軽く答えが返ってきた。

「わたしは、預かっていると思ってるから」

その答えにたどり着くまでにどれだけの思いがあったか。

ぼくが勝手に想像するのも失礼なことだろう。

そうか、と思った、「預かっている」のか。

だからこそ、大事にしなきゃとも思っているのか……。

じぶんの家にいる家族も、ほんとうは「預かっている」。
チームとか会社とかも、実は「預かっている」ものだ。
さらに、よく考えればじぶん自身も、「預かっている」。
じぶんだからといって、粗末にあつかってはいけない。
じぶんのものだと思ってるものは、実際には、
みんな「預かっている」ものなのだという気がしてきた。

しつないけん。

犬は、もともと狩猟犬でした。
キツネを見つけて大声を出す。
そして追いかける。
キツネが穴にもぐっても追う。
そして捕まえてきて、ほめられる。
そういう犬のはずでした
(一度もやったことはないけど)。
いまは、引退して、
室内犬というものになっています。

よるはよるで。

おとうさんの仕事するのを監視できて、
あごが乗せられて、
敷きものがあってやわらかくて、
テレビも見られる。
だから、この場所が、
いまいちばんのお気に入りです。

できないことのあまりの多さに、
長雨の夜などに少し茫然とする。

たとえば、
いのちにかかわるようなことに、
ぼくは手を出すこともできないし。

手伝おうとか、助けになろうとか思っても、
力の足りなさを知っているから、
どうすることもできない。

できるふりも、知ったかぶりも、
あるいはなけなしの勇気を見せることも、
どれだけ虚しいか、わかるくらいは生きてきた。

どれだけできないかを、知っていながら、
なにができるのだろうと考える。
さらに、なにもできないことを知る。
それでも、と、やっと見つけられるのは、
じゃまをしないことと、祈ることだ。

それは、なにもできないことと同じかもしれない。
じゃまをしないことで、なにかよくなるのか。
祈ることで、なにかが変わるのか。
そう問われたら、
なにを言い返すこともできない。

たぶん、じゃまをしないこととは、
目が合ったときに笑いかけるというようなこと。
そして、おそらく、祈ることとは、
ひとりになったときに目を閉じて語り合うこと。

それ以上のことができるときには、
よろこんで、それ以上のことをしよう。
そうしよう、そこまではわかる。

長い雨の夜などには、
少し茫然としていたわたしに、
風呂に入ってからだを温めておいでと、
すすめてみる。

生まれたばかりの赤ん坊から、
青い春を駆け巡ってるおにいさんから、
長い時を生きてきた老人にいたるまで、
「だれもおれのことなんかわからないんだ！」と、
言いたくてしょうがないんです。

言いたくてもがまんをしたり、
ちょっとことばを変えて言ったり、
大声で歌ったりして、
ナマでは言わないようにしてるけれど、
あらゆる「おれ」のことなんか、
もともと、いつだって、
だれもわかってないのです。

その「おれ」ってやつ自身だって、
わかっちゃいない。

あらゆる人は、わかられることなんてない。
わかられないのは、ふつうのことです。
それくらいに思っていて、
ちょうどいいんでしょうね。

「だれもほめてくれない」というのは、
どれくらいつらいことなのだろうか。
正直に言うと、ぼくにはけっこうつらいことだった。
でも、そういう気持ちが少なくなってからのほうが、
いろいろたのしくなった。

まず、誰にでも好かれることをあきらめる。
あきらめる、というよりは、
そんなことはありえないと、肝に銘じる。

そして、誤解されることを怖れない。
あらゆる理解は、厳密には誤解だとも言える。
理解されているような気がするときは、
いっそ愛されているのかもしれないと思え。

じぶんのことを知っていると思ったら
大まちがいだ。
当然のこととして、
じぶんのことは、じぶんが知らない。
他人が知らないのとちがった意味で、
じぶんのことなど、なんにもわかっちゃいない。

以上のようなことを、
どれだけ言いきかせていたとしても、
ぼくは、誰にでも好かれようとするし、
誤解されることを怖れるし、
じぶんのことをよく知っていると思いたがる。

「じぶんを信じて」だとか「じぶんの方法で」だとかは、
最低限でも、なにかをやってきた人だけの姿勢なのだ。
信じるだけの「じぶん」をつくれてないときには、
どうしようもないのである。
基礎の基礎、基本の基本は、なにをするにも必要なのだ。
早い話が、浮輪をつけていながら、
水泳の大会にでるようなことはできない。

好きで楽器の演奏をやってる人が、
「これで食っていこう」と思ってうまくいく場合もある。
うまくいかない場合もある。
食えないということがわかってから、
演奏をやめるかといえば、そうとはかぎらない。

鉄道ファンの人たち、真剣に鉄道のことが好きでも、
「これで食っていこう」とは思わないのではないか。
成人してから将棋をはじめた大の将棋好きも、
「これで食っていこう」とは考えないと思う。
でも、本職の仕事以上に、ずっと熱心にやる人もいる。

好きな仕事でめしが食えているように見える人は、
「好きであろうが好きでなかろうがめしが食える」
というくらい上手（得意）になったのだと思う。
「好き×得意」と「好きじゃない×得意」は食えるし、
「好き×不得意」と「好きじゃない×不得意」は
残念ながら、食っていけない。
つまり、好きよりも「得意」が問題なのではないか。
「得意」でも食えないという場合は、得意じゃないのかも。

「はい、わたしがやります」というのが立候補だが、
そんなことを言わなくても、
「あなたにやってほしい」と、
向こうから頼まれると思いこんでいる。
それは、アホな男たちがよく夢想しているような、
「こっちから好きと言わないのに、女のこが寄ってくる」
という世迷いごとと基本的には同じである。

雑踏のなかにじぶんだけは選ばれし者とばかりに立ち、
手をあげることも声を出すこともせず、
天から落ちてくるぼたもちを待つ。
しかし、そのまま、日は暮れていく。
毎日毎日、日は暮れ、人生そのものも日暮れていく。

ぼく自身、手をあげたりすることは苦手だった。
だれかに誘われて、「オッケー!」とかね、
明るくお手伝いするくらいのところが好きだった。
でも、そういう「だれか」なんて、そうそういないのだ。

「オッケー!」と言って本気で取り組めるアイディアを、
じっと待ってるよりも、じぶんでやりたいことを探せ。
気がつくのが、ずいぶん遅かったかもしれないけれど、
ぼくは、そのときから「頼む側」になろうと思った。
あれをしたい、これをしよう、と、誘う側に立候補した。
だからこそ、少しずつでも仲間が集まったんだよね。

「ほんとうの本気」を続けられるやつだけが、
とにかくすごいんだよ。それはもう、絶対だよ。
「本気」までならたくさんいるけど、
「ほんとうの」じゃないと解決への道がつかないんだ。

「本気」までは、けっこうなれるのだ。
「本気」というのは、瞬間でもかまわないし、
「本気」でやった結果が不首尾に終わっても、
いいといえばいいようなところがある。
しかし、「ほんとうの本気」の場合は、
地面に叩きつけられるような失敗があっても、
「やらなきゃならないから」また立ち上がる。
あたりまえのこととして、ファイティングポーズをとる。

そこでうまくいかないことがあっても、
やめずに、どうやったらうまくいくのか考えて、
考えたことをやってみる。
やってみるだけの条件が整わなかったら、
それをするために、また「本気」になる。

「夢」を語る人は多いけれど、
それが語るだけのためのものだったりすることも多い。
「ほんとうの本気」というのは、
「ほんとうにやる」にはどうしたらいいか
考えて、ほんとうに動き出すことなのだ。
それを笑顔でやれたら、もっといい。

仕事でも遊びでも同じなんだけれど、
「ちゃんとやったほうが、おもしろくなる」のだ。
ちゃんとやらないと、おもしろくならない。
これは、人がなにかするときの「法則」みたいなものだ。
トランプのババヌキくらいのゲームでも、
ちゃんとやらないとおもしろくないだろう。

「なにを言っている人なんですか」はあんまり大事じゃない。
「なにをやっている人なんですか」が大事だ。

いま、どれほど落ち込んでいても、
周囲からまったく認められていないとしても、
「じぶんに期待する」ことができていれば、
とてもよく生きていると言えるんじゃないか。

スポーツでも、ビジネスでも、アートでも、
チームで仕事をしているときには、
「じぶんに期待する」人が、ひとりでもいないと、
なにをするのも無理になると思います。

ああもうだめだというときにでも、
「じぶんに期待する」ことが、
まだできている人がいると、なにかが起こります。
結果がよかったり悪かったりはともかく、
「じぶんに期待する」ことが戻ってきます。

リーダーが、「なんとかなるんじゃないか」と、
思っていることは、とても重要なことです。
根拠もあったほうがいいのですが、なくてもいい。
「なんとかなるんじゃないか」と感じて、思って、
それをどうしたらいいかと考えているというのは、
これ、「じぶんに期待する」ができているんですよね。

とても大きな力を持っているのだけれど、
「信頼」できない人というのもいる。
語ることばは、いかにも利口で善良なのだけれど、
「信頼」できないなぁと思える人もいる。

できることは少ないのだけれど、
「信頼」できる人だっている。
こんなところでひょいと出したら悪いけど、
うちの犬のことなんか、
けっこうぼくは「信頼」してる。

「信頼」がおもしろいのは、
というかむつかしいのは、
口先でつくれないものだということだ。
どれだけ立派なことを言ったか、
どれほど正しいことを語ってくれたかだけで、
人びとの関心や、感心を集めることはできても、
それだけでは「信頼」はしてもらえない。

「信頼」されるということは、
やっぱり、なにを言ったかではなく、
なにをしたかによるものだと思う。

しかし、思えば「あら探し」だらけの世の中で、
あらを探される側になっているということは、
ものすごいことだよ、と言えるよ。
がんばれ、「あら探されてる」やつら。

まわりのみんなに、ちゃんと通用する「考え」に
たどり着こうとしているから悩むんだよね。
そこからうまれるものに、ぼくは希望と名付けたいです。

あれもこれもはできっこないし、
その人なりの「できること」を掛け合わせて、
できることは大きく力強くなっていく。
別の場所に立っている人が、それぞれに、
手拍子をしたり宝石を鳴らしたりするのと同じようにね。

「ありがとう。

最後の曲になってしまいました。

ここで、ちょっとしたお願いがあります。

安い席の皆さん、手を叩いてください。

そして、そうじゃない方々は、
宝石をじゃらじゃら鳴らしてください。

(拍手と歓声)

ありがとう。行きます、ツイスト&シャウト!」

(1963年、ビートルズが英国王室が主催するコンサートに出演した際、ジョン・レノンが言った有名なジョーク。)

Photo by Central Press/Hulton Archive/Getty Images

びえい。

ブイちゃん元気ですか。
おとうさんは北海道の美瑛にいます。
ブイちゃんは知らないでしょうが、
ここで、人間のおかあさんが
長いことロケをしてたのでした。

気仙沼へ。

ブイちゃん元気ですか。
おとうさんは
気仙沼に向かってます。
ブイちゃんのほうは、
他の「どうぶつ」たちと、
仲よくできてますか?

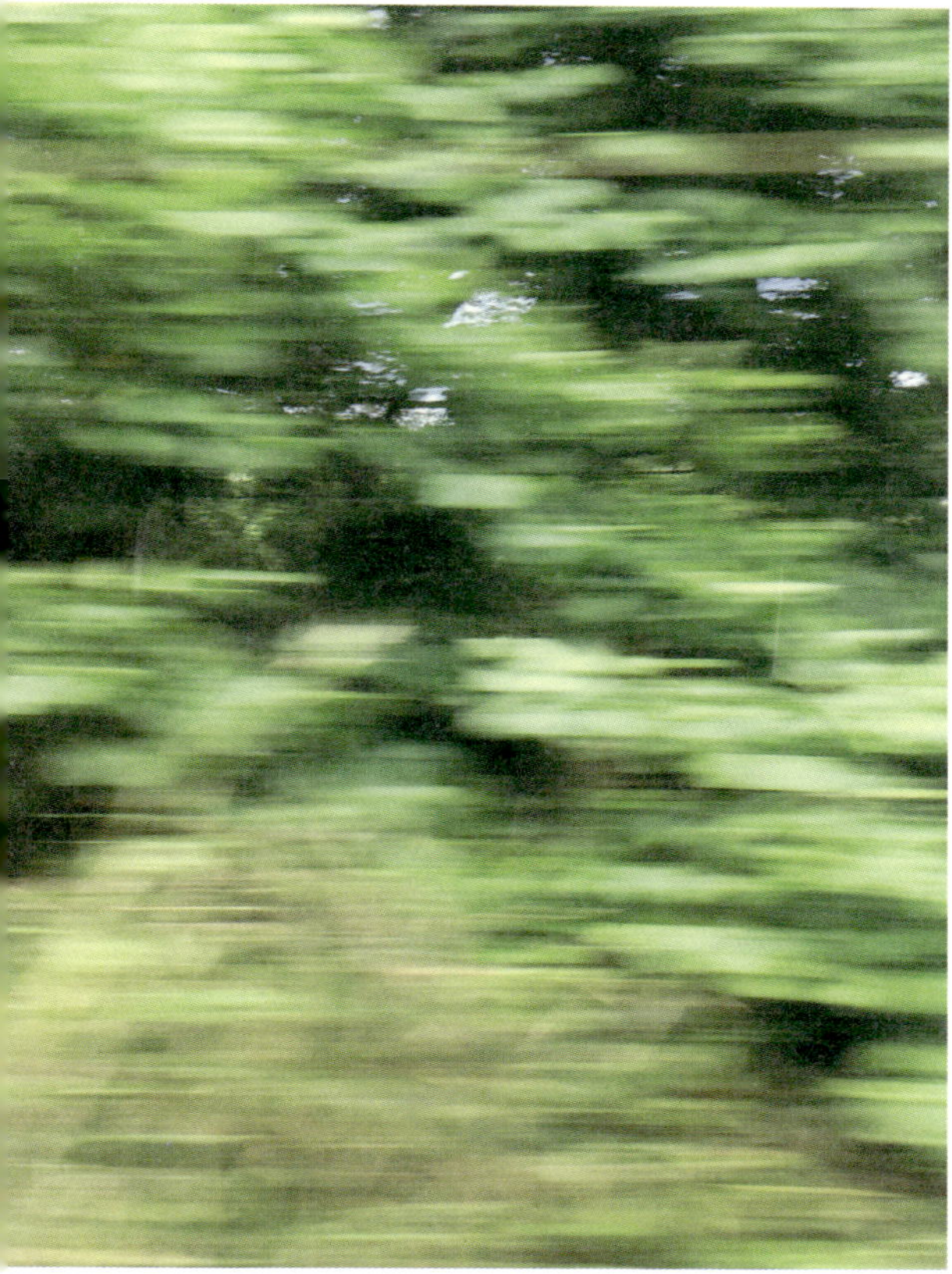

どすっ。

思わず見入ってしまった木。
これだけどっしりしていると、
根はどうなっているのだろうと
土のなかを見てみたくなります。
さぞかし根も
りっぱなんだろうなぁ。

ここに。
います。

矢野顕子とティン・パンの
いっしょになってのコンサート、ほんとによかったなぁ。
細野晴臣、鈴木茂、林立夫の三人と演奏する矢野顕子は、
実にまったく、ほんとうにたのしそうだった。
それを感じているティン・パンの三人も、
音楽のたのしさを存分に味わっているようで、
客席のぼくらも、そのたのしさが伝わってきて、
自然にうれしくなってしまう。
そんな、「ひとつの理想ですよね」と、
みんなで顔を見合わせるようなコンサートだった。

そうか、この人たちは、いつもたくさん、
音楽のことを考えたり、音楽を味わったり、
音楽を練習したりしているんだな、と思った。
海に棲む生きものが海と生きているみたいに、
ミュージシャンの人びとは、音楽のなかで生きている。

そういうものなのかもしれない、と思うと、
ちょっと背すじがぴりっとした。
ただの音楽好きな人の耳に音楽が聞こえているのと、
まったく別の質量で、彼らは音楽と生きているのだろう。

思えば、スポーツを観戦したあとにも、
こんなふうになることはあるなぁ。
芝居や映画でも、こんな興奮はあるものだ。
そして、そういうときめきをあたえてくれる人たちは、
それぞれにスポーツを生きていたり、
映画や芝居を生きていたりする人たちだと気づく。
音楽でもそうだけれど、そういう人たちが、
その世界で生きてけるように支えるのは、
観客席で満面の笑みを見せていたぼくらの仕事だね。

宇宙飛行士油井亀美也さんと話してきました。
目の前のスクリーンに映っている油井さんは、
実は地上から400キロメートル離れた、
国際宇宙ステーションのなかにいます。
上も下もない無重力状態の油井さんと、
5秒の時差をはさみながら話せる時間は40分間でした。
ロケットで飛び立ってから50日ほどの間、
ずっと宇宙にいてさまざまな仕事をしている油井さんに、
どんなことを話すのか、訊ねるのか。
ぼくの関心の大きな一部分というのが、
「孤独」ということについてでした。
他にいろいろと質問したいことがあるにしても、

どこかで「孤独」ということに関わる話がしたかった。

しかし、さて、実際には、
油井さんは「孤独」ではない、ということが、
痛いくらいにわかってしまったのでした。
この時からぼくは、「孤独」ということについて、
もう一度考え直すことにしました。

でも、あらためて「孤独」のことを考えてみても、
「ほぼ日」の「Only is not Lonely」ということばは、
なかなかわるくなかったなぁと思っている次第です。

志村ふくみさんの工房に、皆川明さんと行った。
特別に用事があるわけでもなかったが、
どちらも会いたいということで会う。
そういう理想的な出会いだった。

皆川さんは、志村さんの藍染めの様子や、
制作途中の機織りを見学して刺激を受けていたが、
なによりのクライマックスは、
皆川さんが、ご自身の仕事を知ってもらうための
参考にと持ってきたいくつもの端切れに、
志村ふくみさんと娘の洋子さんが、
作家としてというよりも、
少女のように目を輝かせて、
「これがかわいい、これもすてき、これがほしい」
とばかりに、じぶんたちの手元に

集めはじめた場面だった。
布を愛する作家同士の心が通じ合う瞬間でもあったが、
ぼくには、もっと素直な女の子の表情が見えた。

人間国宝たちをこんなにはしゃがせる皆川さんが、
まるで魔術師のようにも思えたし、
一瞬のうちにじぶんのなかの少女を、
呼び出してしまう志村さん母娘にも感動した。
90歳も5歳も、おんなじ女性なんだよなぁ。
この少女っぽさみたいなものが、
心臓をドクンドクンといわせて、生きてる、
ということなのかもしれない。
その少女の生命力みたいなものは、
見ていただけのぼくにも伝わってきて、
ぼくは、なんだか顔色がよくなったような気がした。

荒木経惟さんの、男の肖像写真展。
「裸ノ顔」というタイトルが、つくづく怖いよ。
隠そうとしても、創ろうとしても、
諦めて観念しても「裸」はそのまま写っちゃう。
その人以上には、どうやっても写らない。

写真を整理してたら、いいものが出てきた。
撮影中に、横からぼくが撮った吉本隆明さん。
ブロマイドにしたいくらいだ。
この人も生きてるなぁ。

運や偶然に見えるようなことって、
わりと、そうじゃないことが多いわけで。
クマちゃんの『骨風』が売れたことにしたって、
あれだけの内容がなかったら読んだ人が
他の人にすすめてくれなかったはずだ。
運や偶然は、「追い風参考」みたいなもの。

家人が、ぼくの買ってきた
川島小鳥写真集『明星』をめくりながら、
爆笑したり感心したりしている。
こういうウケ方が、いちばんいいよねー。

谷川俊太郎さんのことばには、
年をとったからこその「正直さ」というものがある。
すっとほんとうのことを言う。
じぶんにうそをついてない率直さが、
そのまま伝わってくるので、とても気持ちがいい。
ぼく自身も、少しずつ
そういうことができるようになりかけている。

よくよくことばというものを観察していると、
ほんとうのことを言うつもりでも、
人は、なにがほんとうのことなのかを
探しあぐねていることが多い。

じぶんが、なにを思っているのかについて、
ちゃんと見つけてないと、ほんとうのことは言えない。

「いつぐらいから、そういう
正直なことを言えるようになりましたか」
と、真正面から質問してみたら、谷川さんは、
「やっぱり、六十を過ぎたくらいかな」と。
おそれながら、だけれど、ぼくもそんな気がします。

いまいちばんたのしいのは、どういうときですか？
詩人は、「詩を書いてるとき」と、すっと言った。

かつて、ほんとにずいぶん前に、
どういう流れだったか、家人と、
「来世もまたいっしょになりたいか？」
という話になったことがありました。
そのとき、我が愛妻は
「一回飛ばしがいい」と迷わず言いました。
ちょっと残念な気もしましたが、ご名答だと思いました。
ぼくには、そんなことを思いつくこともできないし、
とても相手にそんなことを言えないでしょうね。

あーのォー、
筋トレとかもォ
アレ、同じ筋肉
続けて使ったらダメ
っつうよね
え?
ちがうの?
そっかァー
すんません!!..
仁王

イラスト＝南伸坊

楓（かえで）の種子が、
くるくるふわーっと飛んできて、
すっと地面に着地する。
小さなヘリコプターのような種子に、
こどものころには憧れみたいな気持ちを抱いていた。
ほんとは、いまでも、そんな気分はある。

ボールって、ほんとにすごいもんだと思いませんか。
これがひとつあるだけで、
いつでも、どこでも、だれでも、遊びがはじまります。

刑務所の独房にいたって、
ボールがあったらなにかできます。
野球場や、サッカーやラグビーのスタジアムで、
何万人という人たちの目がボールを追いかけています。
これを投げたり、打ったり、捕ったり、蹴ったり、
転がしたり、抱えて走ったりすることで、

世界中のどれだけの人たちが、
歓び悲しみこころを熱くしていることでしょうか。
どれだけのこどもが、夢を見ていることでしょうか。
どれほど多くの人びとを稼がせていることでしょうか。

最初にたった1個のボールがあったら、
あとはルールと、人間を集める。
これだけで、とんでもないことがはじまります。
いや、なにかがはじまりそうで、
なにもはじまらないことだってたのしめますよね。
ボールのことを想像すると、元気がわいてくるんです。

「100円のりんごがあるとき、
100円よりもりんごのほうが価値がある」

100円がここにあったときに、
そのままで200円に交換してくれる人はいない。
しかし、100円のりんごは、
100円以上の価値を感じてくれる人との間なら、
120円で買ってもらえるのだ。
さらに、100円のりんごは、
200円の鉛筆と交換してもらえる可能性がある。

「わらしべ長者」をスタートさせるためには、
お金からお金への展開じゃ転がっていかないのだ。
お金は、ほんとうに記号なので、
100＝100なのだが、
りんごは、誰にでもではないけれど、
100＝100＋αというマジックを見せてくれるのだ。
だから、ぼくらは100円ではなく、りんごをつくる。

りんごのほうが価値があると、ぼくは言いたい。
そっちのほうが真実なのだと、ぼくは思っている。

雑談というのは、なんとなく歌声に似ていると思う。
知ってる歌、うまい歌じゃなくても、
聞いてて気持ちのいい、その人らしい歌声ってある。
歌ってる本人もたのしくて、まわりもたのしいのがいい。
そうだねぇ、雑談ってのは「みんなのもの」なんだね。

海辺の恋人たちが
「これが世界のすべてで、時間のすべてだ」
というふうに思っているのは、間違いじゃないわけ。
でも同時に、そこからちょっと離れたところに
イカを焼いてる人がいるわけだよね。

「じぶんはなにが好きなのか」ということを、
はっきり知っている人は、幸福だと思う。

「そんなの、だれだって知ってるよ」

と言う人もいるだろうね。

いやいや、そういうことでもないんだよ。

たとえば、「酒が好きでたまらない」という人は、
それはもう、きっと酒が好きだよね、わかるよ。
ただね、それって、酒の味が好きなのか、
酔っぱらうことが好きなのか、
酔ってなにか忘れたいのか、
酒を飲む場面で友人と話がしたいのか、
酒のつまみや、酒のある食事が好きなのか、
酒をすすめる女性が好きなのか、
酒のせいにしてなにか言いたいのか、

酒のことをいろいろ語りたいのか、
けっこういろいろあると思うんだよ。

そういう流れで、ついでに言うとね。
「女が好き」とかって公言している人たちについても、
女っていうことばに含まれているなにが好きなのだろうね。
けっこう、じぶんで確かにわかっている人って、
なかなかいないような気がするんだよね。

実は「仕事が好き」にしても、「金が好き」にしても、
ずっと経験を積み重ねていくうちに、
「そんなでもなかった」と思う可能性もあるよ。
そういう疑いの目で、「好き」をよくよく見つめてさ、
その上で「好き」なものごとを発見したら、
それはもう、ほんとに幸せなことだと思うよぉ。

ぼくは「ビートルズ」というものが、
かなり好きなんだと、あらためて気づいた。
どれだけの回数聴いたかとか、見たかとか、思ったか。
マニアと争ったら勝てるわけもないだろうけれど、
好きなんだよなぁと思うことは、いまでもよくある。

耳からのビートルズは、もちろんなのだけれど、
映像としてのビートルズを見ているときに、
わりにはっきりと、じぶんの心の動きに驚いたりする。
特に、ジョン・レノンが歌っているシーンについては、
いまでも、恋とまちがいそうなくらいの憧れの視線で、
なんともうれしそうに見入っているのだ。

ビートルズが好きなんだと、あらためて気づいたことで、
どれほど多くの幸せを感じたことだろうか。
どこがいいのか、なんてこともさんざん考えたり、
友人と語り合ったりもしたのだけれど、
どうして、なかなか説明しきれるものでもない。

なんに似ているかといえば、
犬がかわいい、どうぶつが愛おしいというのと、
あんまりちがいもないような気さえする。
「いいなぁ」と思った数だけ、ぼくは幸福だった。

同年代のともだちもいるし、先輩たちもいるけれど、
じぶんより若い人たちといることが圧倒的に多い。
何年か前から、ぼくは、
「若い人たちに遊んでもらえてありがたい」と、
つくづく思うようになった。
本人が気づかないだけで、
わからないように敬遠されているという可能性も
なきにしもあらずだが、いちおうは、
逃げたり隠れられたりもせずに、つきあってくれている。
特別に若い人の流行を勉強しておこうとかもせずに、
なんとか輪の中にいれてもらえているのは、
ほんとうにありがたいことだ。

誇りもプライドも、面子も体面も、
まったくないわけではないようにも思いますが、
ぼくは、そのへんの気持ちがとても薄い人間らしいです。
誇りもないのか、と笑われても、
「たぶん、あんまり」と答えてしまいそうです。

とても不安なことをしているのではないけれど、
やや「海って広いな」という感覚を味わっています。
こういうときの方法は、わかっているんです。
「失敗も道のり」ということを、腹に据えること。
万全だの完全だのの下ごしらえに気を取られて、
同じところをぐるぐる廻るのがダメ。
失敗や後悔さえも見つけるためにはコストがかかるので、
「まず行く」ことが大事なんですよね。
そのためには、「おもしろい！」という最初の実感が、
なんだったのか忘れないこと。
それが「まず行く」ことの動機なのだと思うんです。

野生のヒマがけっこうな数うろうろしている森に、
ヒマ捕獲器を持って捕まえに行く。
こっちが油断をしていると、
ヒマのほうから近づいてきて、
すっかりなついてくれるんだ。
なのに、ぼくは急にやりかけの仕事とかを思い出して、
ヒマを置き去りにして帰り支度をはじめるんだ。
バカは、ぼくのほうだ。

いまの時季、
散歩をしていると、どこからともなく
キンモクセイの香りが漂ってくる。
ツイッターやフェイスブックのなかにも、
キンモクセイという文字がよく見られるようになった。
桜の季節に、あちこちから
桜が咲いたという知らせがあったように、
いまは、キンモクセイの香りをみんなが伝えあっている。

昨夜は、雨の夜に歩いていたら、
キンモクセイの香りと、
休みなく傘にあたる雨音のなかに、

仕舞い忘れたらしい風鈴の音色が混じってきた。
それはそれで、とても場違いだし、
時季外れなのだけれど、あってもいいよなと思った。

ガラス細工の、風情のあるともいえない風鈴を、
湿気をたっぷり含んだ夜の風が煽り立てている。
静かにしていれば見つからなかったのに、
風鈴は、ぼくに見つかってしまったな。
まっ黒い雨傘を低めに構えて歩いていたぼくは、
かくれんぼの鬼のようだった。

さらさら流れる春の小川が、ほしいものだ。
もっとよくばっていいのなら、湖もほしい。
湖畔にボートを停められる桟橋があって、
朝、目も覚めないうちに釣りのできる小屋がほしい。
本気が出てしまったら、その実現のために、
人生を設計し直す必要があるのかもしれないが、
「ほしいものはなんですか?」という質問への、
正直な答えとしては、
「川。あるいは湖畔に桟橋つきの小屋」ということだ。

信号待ちの間、
いくつも通り過ぎるクルマを見ながら、
ぼくは想像をはじめてしまった。

かげえのまち。
2015年の8月のある日。
いつも同じようで、同じじゃない。
影絵の街です。

まいにち。

日はのぼり、日は暮れる。
いちどくらいは、
休んだことがあったろうか。
ないんだなぁ。

世界のすべての灯を消せ
真っ暗な夜をつくってくれ
その無力で
ただそれだけをしてくれないか

灯を消してくれなんて言ったのは、まぶしすぎた土曜日のことです。
いまは、「暗くしていないで、せいいっぱいの今日をたのしんでください」と、
岩田さんは言うと思います。もちろん、ぼくはそうします。

※2015年7月11日、任天堂元代表取締役社長にして、
糸井重里の親友、岩田聡さんが永眠されました。

たくさんのファンの声も、いっぱい聞いてます。ありがと。

どんな別れのときにでも、
「また会おう」と言えばいいのだと思う。
ともだちだから、また、会う。
それはちっともおかしくない。
うん。また会おうや。

ずいぶんと遠くまで旅に行くんだって。
もっとずっと先の予定だったのにね。
いちばん似あう服を着て、
「急のことですみません」と、
ことばには出さないけれど、そう言ってた。

じぶんのことは、なんでも後回しにして、
ずっといつも、だれかの助けになろうとしていた。
そういうともだちのことだから、
この旅は、はじめてのわがままなのかもしれない。

ほんとうは、まだ、なんにも信じてないんだけどね。
ひょいっとメールがきて、
食事の約束とかしそうな気がしている。
いつものように、
「もし、お時間があるようでしたら」と、
いつでも誘ってくれてかまわない。
なんだったら、ぼくのほうも誘いますよ。

とにかくさ、「また会おう」。
いつでも、どこでも呼んでくれたらいいし、
ぼくも声をかけるからさ。
なにかと相談したいこともあるし、
いいこと考えたら伝えたいしさ。

また会おう。
いや、いまも、ここで会ってる。

いつごろからか、ぼくのひとつの願望は、
「お通夜のにぎやかな人」になりたい、でした。
ノーベル賞をもらおうが、
金メダルをとろうが関係ない。
偉い人である必要なんかなんにもないわけです。

亡くなった人のことを、ああだったこうだったと、
そこにいる人が順番を争うようにして語りあう。
小さなエピソードやら、
いっしょにやった悪事やら、
しょうもないくせのこと、失敗やら、
ご近所の冒険、カラオケで歌った曲、
食べたものやら行った場所。
そういう思い出がつきないような
通夜がいいな、と。

ぼく自身が、そういう通夜を
される人として生きたいと、
ずっと、そして、いまでも思っているんです。

その話は、岩田さんとも何度もしていて、
宮本茂さんや、秘書のWさんといっしょに、
先代の山内さんについての雑談をさんざんしました。
それぞれが、亡くなった人のことを語って、
温泉につかっているように血行がよくなって、
だんだんとうれしい気持ちと、
そして、さみしい気持ちで満たされていく。
そんな時間でした。

歴史に名を残すなんてことは、おまけなんです。
人のこころに思い出や気持ちを残すことのほうが、
人間としていい人生をやってきたなぁ
ということです。

実際、公の立場のある人のお通夜は、
そんな落語のなかの
八つぁん熊さんの場所じゃないので、
また別に場所をあらためて
ということになりそうです。
ただ、そのたまらなく素敵な場所には、
どうやら、岩田さんが欠席らしい
ということだけが残念です。

ほめたり、からかったり、なつかしんだりで、
立派でもなければ偉大でもない
「いいやつ」の話が、
いつまでも続いていくような集まり。
いまのところ、ぼくはそれを、
ひとりでやっています。
ときどき、よくいっしょに食事をしてた
家内が聞いてくれたりしていますが、
さみしいものです。
岩田さん、
ぼくのお通夜に来てくれるはずだったのに。

「じぶんのことは、なんでも後回しにして、
　ずっといつも、
　だれかの助けになろうとしていた」と、
そういう人は、ほんとうにいるわけです。

その人が、
「ほんとうにやりたいことをやってごらん」
と言われたら、なにをするんだろうね、
と、本人と話したことがあります。
「なんだろうなぁ」と、本人はにやにやしました。
そして
「たぶん、その、だれかの助けになることを、
　したいんじゃないでしょうかねぇ」と言いました。
ぼくも、「そうなんだろうねぇ」と納得しました。

「だって、それ以上に
　じぶんが一所懸命にやれてうれしいことって、
　ないんじゃないかと思うんですよね」
うちの犬のボールを拾っては投げてやりながら、
いつものような会話が続いていました。
ぼくが京都の家にいるときには、
かならずこんな時間が流れていました。

目の前に問題が置かれると解決したくなる病。
ぼくは、そう言ってからかっていたのですが、
だれかの助けになって「よかった」と思われるのが、
とにかくいちばんの大好物だったのです。
ちなみに、
なるべく気づかれないようにしていたけれど、
嫌いなものはたったひとつで、漬け物でした。

目の前に解決されたい問題があると、
ついついなんとかしたくなるという病の人は、
目の前にお菓子があると、なくなるまで食べます。
これも問題解決の病気だね、と、おもしろがって、
うちの会社にきたときには、わざと、
目の前にお菓子を山積みするような
わるい人もいました。

急に遠くへ行ってしまったご本人の顔を見ながら、
ぼくは「だめじゃんっ」と言ってしまいました。
でも、しばらくして、心からそれを謝りました。

彼は、じぶんの体内にある病という問題にだって、
なんとか解決しようとしていたに決まってますから。
お医者さんたちや家族や会社の助けになることを、
ほんとうに一所懸命にやったはずなのですよね。
そんなに一所懸命にやった人に、
なんにも言えません。

そう、今日は、遊んでもらってた
犬の誕生日でもあるんだ。

昨日、岩田さんに約束したので、
悲しむことをやめます。
人をよろこばせることが、
なによりの望みだった岩田さんのことで、
ぼくらが悲しんだままでいたら、
本人を困らせるだけですものね。

たくさんの人が、これを機会に、
これまでの岩田さんについて知ってくれて、
ありのままでも十分に豊かな
人物像をわかってくれたことは、うれしいです。
まだまだ、しつこくなにかしていこうと思います。

さまざまな媒体の方々から、
故人についてのコメントを求められましたが、
ぼくは、どなたのときも、すべてご遠慮してきました。

これは、ぼくのわがままだと思ってもらっていいです。
訊かれて言うことばでなくて、
じぶんで言いたいときに、言いたいだけ言う。
そういうふうにしたいというだけのことです。
たぶん、これからも、ずっとそうすると思います。
もうしわけありませんが、ご理解ください。

京都でのお通夜、お葬式、ものすごい豪雨のなかでした。
ほんとうにわがままの少ない岩田さんが、
最後にたった一回のやんちゃをやったのかもしれません。
愉快なくらいの荒天で、町のあちこちでは、
浴衣姿のお姉さんも行ったり来たりしてて、
笛や太鼓の音が聞こえている、という……
かなりてんこ盛りのゲーム設定でのお見送りでしたよ。
じんわりと平常運転に戻ります。

たくさんの人が、岩田さんの遠くへの旅立ちを悲しんだというのは、
「わたしは、岩田さんに愛されていた」と感じたからではないだろうか。
ご家族も、ぼくもそうだと思うし、会社の人たちも、
いっしょに仕事された人たちも、会ったことのないファンも、みんな。
愛するものは、愛されるんだなぁ。

そうだよね 見送る人も られる人
土曜日の午後に昼風呂に入って、
雲の向こうからこっちを見てた。

「死」ということについては、ことさらに大げさに考えるのではなく、人が人の手をじっと見るように見つめたいと思って、いろんな機会に考えたり、話したりしてきた。▼岩田さんとも、何度も「死」のことを話しあったな。おとうさんが亡くなったときや、任天堂相談役の山内さんが亡くなったとき、ほんとうに思いやりのある、礼をつくした働きをしてた。彼岸に旅立ったご本人が、どんなふうに送られたらいちばんよろこんでくれるのか、そのことを真剣に一所懸命に考えて、それをしていた。ぼくは本人じゃないけれど、「山内さんは、よろこんでると思うな」と感じていた。ほんとうに、ぼくは、岩田さんに冗談めかして、ぼくの通夜やら葬儀やらのことを頼んだ。「仮にそういうことになったら」と笑っていた。この状況になっても、必ず手伝ってくれると思う。▼ぼくが、いちばんこころの底で「死」を感じたときのことは、何度も語ったけれど、はっきり「このとき」と言える。夜遅くに仕事を終えて、寝室に入ったとき、ふと「じぶんのベッド」に誰もいないと気づいたのだ。なんだか、急に「わかった」瞬間だった。おれが死ぬと、「おれのいない世界」が残るんだ。となりに妻はいる。犬もいる。おれがいないんだけど、あとはそのまま。それが、人が死ぬということなんだと「わかった」。その話は、岩田さんにも何度かした。世界は、ひとりぶんの凹みを残してそのまま動く。でも、その凹みも、凹みという存在なんだよね。すべて忘れられるとき、人のいた凹みはなくなって、つるつるの平らになるのだ。実をいえば、岩田さんの分は、まだ凹みにもなってない。だんだん凹んで、その穴をぼくらは見つめるようになる。▼悲しむのはやめましたが、思う、考えるはやめていません。

なにか仕事を滞らせているつもりもないし、楽しみで会っている人たちとは、笑いあってもいる。食べるものも、おいしくいただいているし、いつもと同じように、床につけばよく眠れる。急に目から水を出したりするようなスイッチも、もう機能しなくなっている。梅雨も、どうやら明けたらしい。▼それでも、こころが晴れたという気がしない。仕事仲間が言うには「四十九日は続く」のだそうだ。それがほんとうなのか、その数字が長すぎるのか、なんとも言えないのだけれど、そういう時間があるのだとしたら、それを短縮しようというのは失礼にあたるようにも思う。晴れないままで、日々を味わえばいいではないか。そういうことを、いちいち、岩田さんと会話して決めているというところだ。▼岡本敏子さんが、岡本太郎さんのことを、宮本信子さんが、伊丹十三さんのことを、どちらも別々の場面でだけれど、まったく同じような口ぶりで、同じことを言ったのを、よく憶えている。「太郎さんは、生きているのよ」「伊丹さんは、生きているんです」確信に満ちた声だったし、説得力のあることばだった。そういうものなのか、と、こころに染み入った。吉本隆明さんのことを、ぼくは「生きています」とは言えないけれど、いまも生きている人として、その気持ちに添えるようにしているような気がする。▼岩田さんのような人は、向こうの世界でも必要なので、けっこう強引にスカウトされてしまったのか。でも、あっちに行ったとしても、こっちのことをなんとか助けられないかと、ずっと考えていてくれるのだと思える。それじゃ、倍も忙しくなったということだろうか。こっちの世界だけのときより、さらにもっと?申しわけないけれど、そうなのかもしれないな。

数日前、岩田さんと食事をする予定だった店で、予定通りに食事をした。山内さんと岩田さんの二代にわたって最高の秘書を務めてくれていたWさんに声をかけたら、来てくれたので、いっしょにいろいろ語り合った。▼店のご主人は「岩田社長が気に入ってくれてた料理」というものを準備してくれていた。ことばの端から、ぼくのことも励まそうとしているらしいということがわかって、鼻の奥がつんときた。食事が終って、店から歩いてひとつ目の角で、うちの夫婦とWさんは、帰り道が別になるということで、「じゃ、また」と挨拶して別れた。料理をつくってくれたご夫婦は、そのどちらをも見送ってくれていた。▼じぶん以外のだれかが、同じような思いでいることがわかるだけで、ずいぶん気持ちが楽になるものだ。▼その後の土曜日と日曜日、ガレージのクルマを見て、また、ああと思う。車庫には、2台入れるようになっているのだけれど、クルマは1台だけなので、適当にまん中に停めてある。でも、岩田さんが来る日は、スペースを空けるために、じぶんのクルマを右端に寄せ直すことが多かった。今回、すぐにでももう1台停められるようになっていた。いままで、そこに入るクルマはあのクルマ以外なかった。いっそ、じぶんのクルマを動かして、まん中に停め直そうかとさえ思ってしまった。いや待てよ……ほんとに来ないのかなぁ。どうも、まだ納得できてないような気がする。▼いや、とにかくふつうに生活しているつもりだから、岩田さんも「ご心配なく」と言いたいくらいなのだが、エネルギーが余ってないというくらいの状態かな。いまチャージしてるので、もうじき余剰ができますから。

まず四十九日は続くものだと言われていたけれど、岩田さんのことを思ったり、話したりしない日はないままでいる。めそめそしているわけではないので、故人の気持ちに反しているとは思えないし、仕事も、日常の生活も、ちゃんとやっているつもりだ。▼ただ、こころの、どこだかわからないところに、薄くなってる部分があるような感じで、不用意にそこをつついたら、しゅんと萎んでしまうような気もしている。この感じも、人が生きることのなかに含まれている。そう思って、このはじめての時間を味わおうと思う。▼いまの、この気持ちと、そっくりな気持ちを抱えて、時を過ごしている人たちを、ぼくは何人か知っている。そういう人たちと、岩田さんは、ほんとうに愛されていたんだねぇと話し合ったりして、さみしいような、うれしいような気持ちをも味わう。▼あのときに、真剣に思ったんだよ、「おれも、がんばるよ」ってね。そうじゃないと岩田さんに申しわけないような気がして。「それはうれしいですけど、無理をして、じぶんの身体をこわしたらなんにもなりませんから」と、岩田さんは言うに決まってるから、無理をするのはよくないな、とかも思う。いやいや、言ってる岩田さんが無理をしてたじゃないか。もうちょっと年をとったら、その、無理の仕方が、もっとじょうずになると、たのしみにしてたんだけどな。

昨日、岩田さんのやってきたことを30分くらいにまとめた動画を見ていました。▼英語のスピーチで、「わたしはなにをしてきたか」を語る場面があって、そこで岩田さんは、「そして、たくさんの食べものを取り入れてきました。目の前にあるものを片づける、問題解決ですから」というような冗談を言ってました。ああ、その親しみを込めた悪口は、ぼくが言ったんだ。それを英語のスピーチで言ってくれてた、と、うれしいような気持ちになりました。本人に、「英語で言ったね、ウケてたね」とか、言いたくなってしまいました。▼オフィシャルな任天堂の社長という立場を、ぼくのほうがまだ意識しにくい時期には、うちの犬の相手をしてくれているところとか、プライベートな写真を「ほぼ日」に出したりもしていましたが、しだいに、そういう写真を撮っても掲載しないようになっていました。そういう意味では、岩田さんが日常の姿を見せる機会は、ほとんどなくなっていたんだなぁと思います。東京でも京都でも、ほんとに、ふつう以上に「ふつうの人」としての姿勢でいました。大きくもないクルマをひとりで運転してきたり、いっしょにタクシーを拾ったりしてましたから、責任ある立場の人の安全管理という意味では、優等生じゃなかったのかもしれません。いまだから、言えることですけれどね。▼岩田さんについて、どうしても「大きな業績」が語られますが、「ふつうの人」としていいやつだったということが、さまざまな仕事の土台になっていたと思うのです。それは、少しずつじぶんで積み上げてつくったものです。「そうありたい」と願ったほうに、じぶんを向けて。▼旅立って半年も経ってなくて、まだ、よく思い出します。「イトイさん、このごろどうしてますか」と訊かれて、ちゃんと言えるようにしてようと思って、ぼくは、あれからの時間を過ごしてます。

岩田聡さんとお別れした日が、7月11日、その日から数えて四十九日が昨日でした。▼ずっと同じようなことを言っていましたが、しばらくは、平静でいようと過ごしていましたが、こころに穴が空いたような気持ちは、ずっと続いていて、にわか雨のように急に悲しくなったりもしていました。そういう話をしたら、知人が、「それ、四十九日続くんですよ」と教えてくれました。人の生死については、ぼくなんかよりずっとよく考えている人のことばなので、そのことばを、まっすぐに受けとめました。▼そして、ずいぶん長いなと思いながら過ごしました。忘れたいというわけじゃないのです。でも、忘れないなりに、しくしくと痛いままなのは、岩田さんにも、ぼく自身にも、周囲の人のためにも、あんまりいいことではないと思っていました。「五山の送り火」の夜には、まだこちらにいて、逝ってないので、送られる人ではなかったのだそうです。夏の真っ盛りの日々が、ひとつずつ過ぎていって、寒いね、とか言いながらくしゃみをするようになって、いよいよ四十九日になるんだと思うようになりました。▼あらためて、49日間を過ごした後のいま、ひとつ、ああそういえばと思うことがありました。「また会いましょう」ということばにこめられた思いが、いつしか変わってきていたような気がします。これは、うまく説明しにくいのだけれど、じぶんでは納得できているようなことなのです。▼先日までは、「会えるけど、会えない」のつもりでした。で、いまは、「会えないけど、会える」と思えるのです。似たようなものかもしれませんが、ちがうんだよなぁ。そして、どちらにも「会えない」と「会える」とが、両方必ず入っているんですよね。これだけが、この世にいる人たちとのちがいです。

今年はどういうことだったかということを、
今年にかぎっては、何度も何度も考えている。
あんなこともあった、こんなこともあったということを、
ほとんど忘れていたことに気がつく。
「それ、去年だったんじゃないか？」とか、
「そんなの何年か前だろう？」というようなことが、
今年だったと知って、びっくりする。

できることだけをしよう、安請け合いはやめよう、と、
じぶんたちに言いきかせながら過ごしているけれど、
ぼくらは、それなりに、
けっこうたくさんのことをやっているんだなぁと思う。
たくさんのことをやれるだけの、筋肉や知恵が、
少しずつついていたんだなぁと、あらためて感じる。

このぶんだと、今年以上に来年ははたらくことになる。
お金になることもならないこともやる会社だから、
本人たちがやる気になりさえすれば、
「仕事がない」ということはありえない。
だから、おそらく「やれること」「やりたいこと」を、
さらにやっていくにちがいないのだ。
せっかくついてきた筋肉も知恵も、使わないと錆びる。

実は、今年にかぎって、何度も何度も
「今年は」と考えている理由は、じぶんでわかっている。
今年の夏に、大切な友人を失ったからだ。
なによりも今年は、その年だったと思っている。
しつこいようだけれど、そのことについては、
この先も、何度も思ったり考えたり書いたりするだろう。
２０１５年は、そういう年だからこそ、がんばりたかった。

岩田さん。神田で『ＭＯＴＨＥＲ２』をつくっているころ、
夜中に新宿駅の南口までぼくのクルマで送っていくんだよね。
そこから山男たちで混雑する「あずさ何号」だかに乗ってさ、
通路に座ったりもしながら山梨まで帰っていくんだよ。
そんなふうにあのゲームはできたんだ。

『MOTHER』シリーズというゲームを
つくったから出会えた人たちがいたし、
会っていないけれど通じ合ったたくさんの心があった。
お礼を言いたいのは、ぼくのほうです。
そして、みんながよろこんでくれてること、
岩田さんにも、伝えよう。

２０１５年は、ぼくにとってはとんでもなく特別な年でした。
たぶん、ずっと先になっても２０１５年という年が
「なんでもない年」に数えられることは、ないでしょう。
そして、「なんでもない日、おめでとう」は、
いろんな意味で、ほんとにその通りです。

言ってどうなるものでもないのだけれど、
まだ言いたいんだなぁと思う。

（なにがどう、ということじゃなくて、さみしいものだよ。）

（岩田さん、来ないかなぁ。）

「さよなら」という瞬間には、
まだ「さよなら」はできてない。
そのことばを、たがいに聞いているからね。
「さよなら」を言い合う場面では、
「さよなら」をするものたちが、
見つめ合っているのかもしれない。

「さよなら」と言って、
ほんとうにその後ずっと会ってない人って、
どれくらいいるだろうな。

また会うような気がしてたのに、
そのまま会ってない人たち。
その人の目から見ると、
ぼくのほうが、そのままずっと会ってない人だ。

あなたを見つけて、「おおい」と呼びかけるとき、
てのひらが横に振られる。
あなたと「さよなら」するときにも、
てのひらが横に振られる。
出合うかのように、手を振ってさよならする。
別れるかのように、手を振って出合う。

たくさん生きているということは、
もちろん、たくさん出合うことでもあるし、
たくさん「さよなら」することでもある。
じつにまったく、出合わなければ、別れもない。

そんなことは、なんども考えたし、
よくよく知ってるつもりなのだけれど、
「さよなら」のことは、よくわからない。
「さよなら」か、「さよなら」ね、「さよなら」さ。

ぼくらは、それぞれに、
たった一度の「さよなら」に向かっていて、
もう引き返すことはできない。
遠くにあろうが、近くにあろうが、
「さよなら」のほうに、ぼくらは歩いている。

それでも、「さよなら」を言いたくなくて、
ぼくらは、手を振っている。
いったん時をとめてみようと、手を振っている。

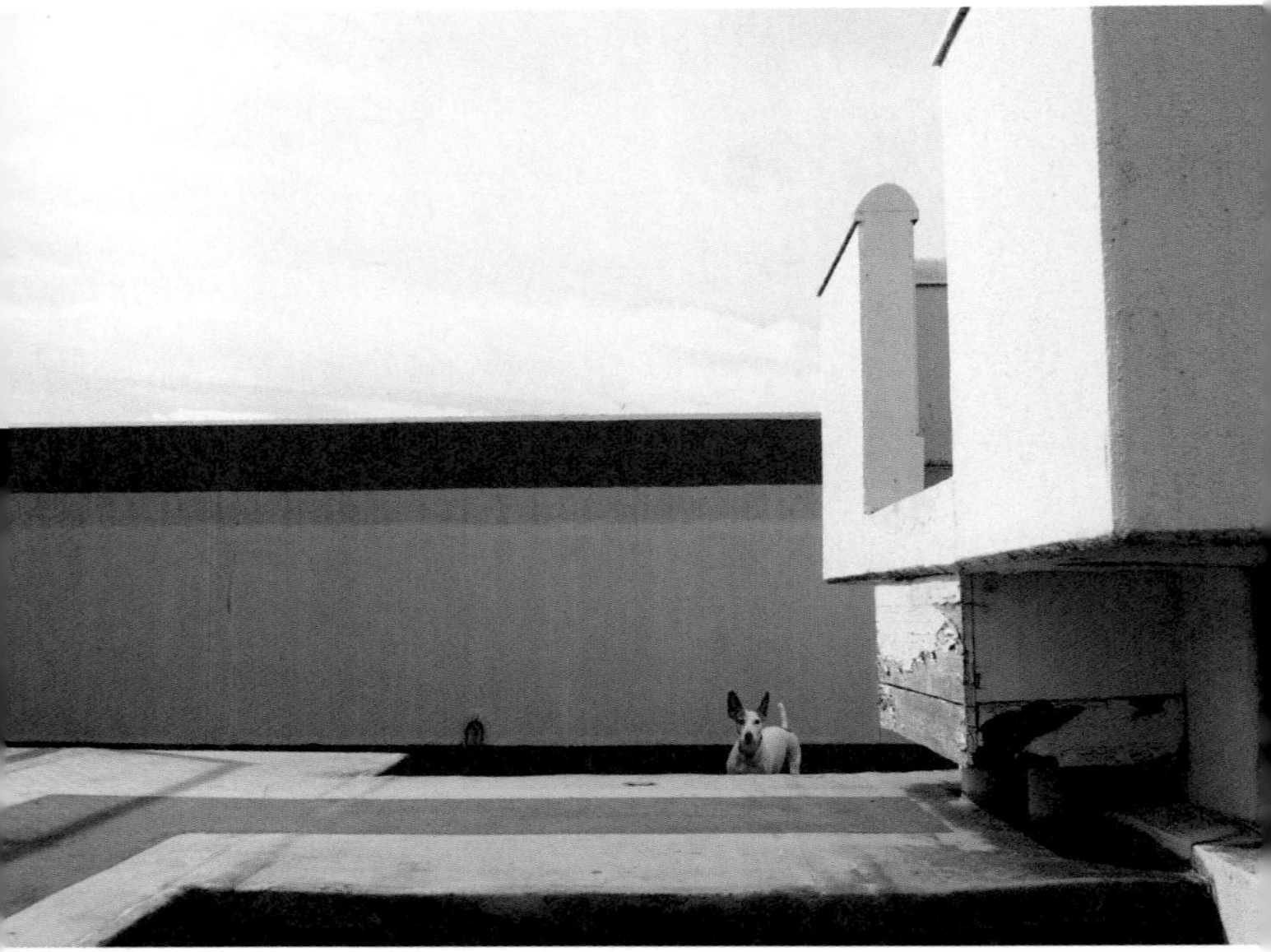

るすばんのこと。

今日、犬は留守番の日です。
それなりに長い時間になりますが、
昔とちがって上手になりました。
散歩やごはんも早めにすませて、
あとは寝るだけです。
いいお天気ですけどねー。

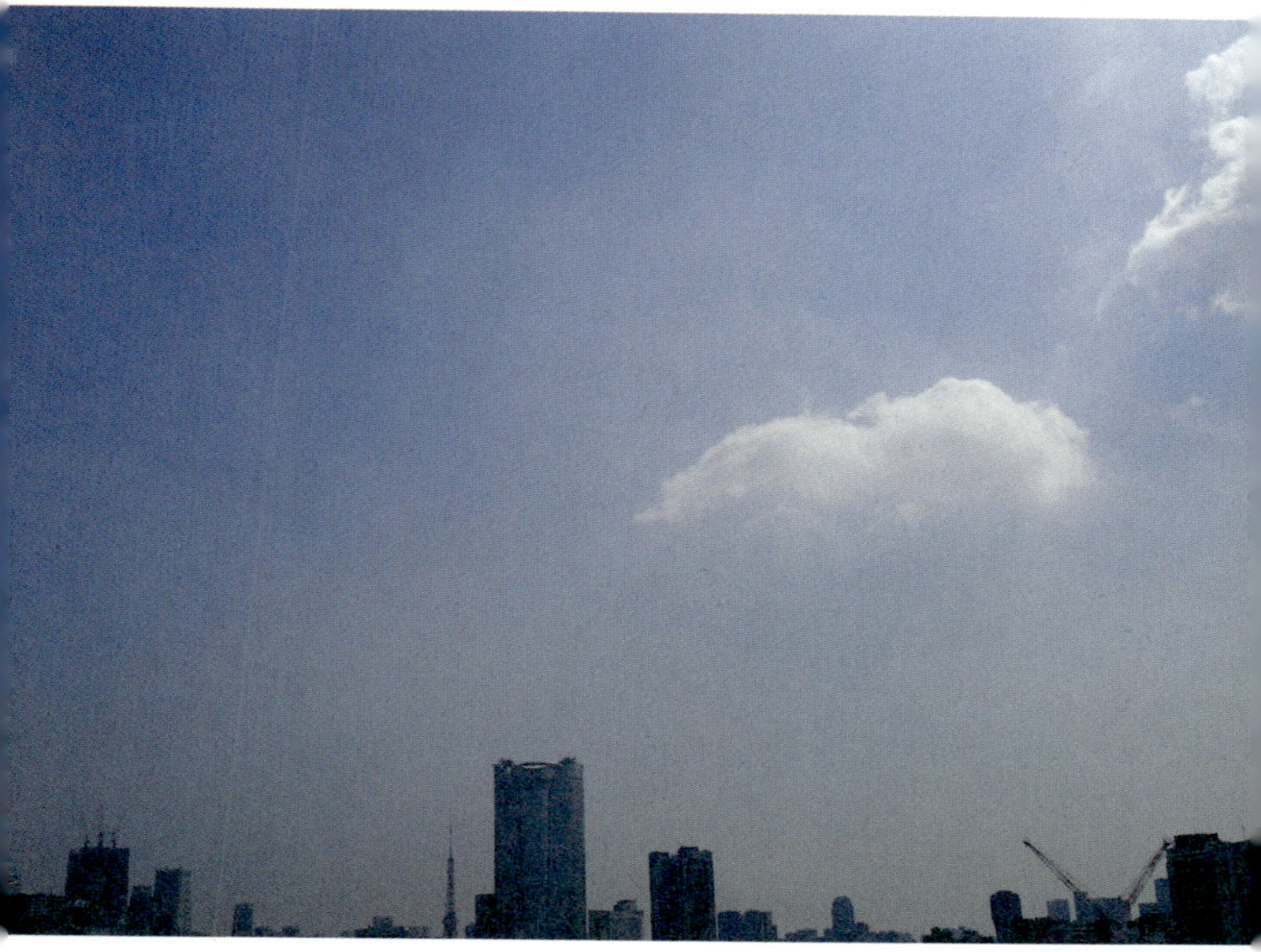

めに。

毎日、目に、なにが見えているか。
海が見えている人もいる。
山並みが見えている人もいる。
森が見えている人もいる。
毎日、なにが見えているかで、
その人のこころは、きっと、
ぜんぜんちがってくる。

かぜのこと。

おとうさんは風らしい。
風を弾いたらしい。
熱はまだそれほどでもないらしい。
風を弾くのをやめたいらしい。
これからお医者に行くと、
やめられるかもしれないらしい。

できた。

ごはんの用意ができるまでは、
犬はじいっと待ってます。
「いまできた」という瞬間に、
すばやく動きだします。
いまです、いまです！

成人になった人たち、おめでとう。

だいたいの両親という人たちは、

「このこが20歳になるまでは、なんとかがんばろう」

と思ってやってきたはずなんだよ。

あんがい、まじめで、いじらしいものなんだよ、大人って。

こどもどうしのケンカなんかだと、基本的には
「ごめんなさい」と「ありがとう」の
ふたつのことばで解決するしかないですよね。
親しい大人どうしのいさかいの場合も、
それと同じようなものだという気がするんです。

しばらく、こどもたちが遊んでいるのを
見ていたのだけれど、これが、なんというか、
ことばで言い表せないんですよね。
「なにをして遊んでいる」なんて言い方は、
遊ぶということを、整理して考えているんですね。

こどもは、ほんとに、
名付けようのない状態でいる。
楽しそうに笑い声なんかたてていて、
動いたり止まったり
踊るようにしていたり、
上がったり下りたり、
くぐったり、のぞいたり。
猫やら犬やらがやってることと、
よく似ています。
これが「遊ぶ」の
基本形なんだなぁと思いました。

こどもたち、「遊ぼうっ」
と誘いあいますよね。
「うん。なにして遊ぶ？」
と答えたりして、
なにかしらの名前のある
ことをするのでしょうが、
もともと、なんだって
いいんじゃないかな。
「遊ぼう」と「うん」が
ありさえすればね。

イラスト＝福田利之

ぼくはどうも愛には自信がないものなのだ。
なにかへの愛を、あるいは誰かへの愛を問われたら、
じぶんというものに嫌気がさすくらい自信がない。
そうかといって、そこに愛はないのかなどと、
あらためて問い詰められたら、
ないはずはないではないか、と強弁したくもなる。

愛は、じぶんからじぶんへ問いかけるときだけの、
秘密のハカリのようにつかえばいいのではないか。
ちょっと、そんなことを思うのだ。

村上春樹が、カート・ヴォネガットのことばとして、
正確には憶えていませんが
「愛より親切が残る」というようなことを語ったとき、

ぼくは、それぞれ、それだよと思ったものだった。
愛に自信のないぼくでも、親切ならできる。
しかも、親切なら、多くも少なくも自由にできる。
比べられても、ほんとうかどうかを問われても、
気にしなくてもいいし、正直でいられる。
愛に自信がないまま、それなりに元気で生きられるのは、
そう考えるようになったからかもしれない。

愛を、問いかけあうようなやりとりが多すぎる。
愛を試みるようなことは、それぞれの人を苦しめる。
愛に自信がないものも、元気で生きてもよいのが愛だよ。

まことに愛はむつかしく。
どちらがどれほど愛してるとか、
たれがたれより愛してるとか。

まことに愛はすざまじく。
嵐のごとくに襲うとか、
冷めて氷にさせるとか。

まことに愛はおもしろく。
死人を温め躍らせるとか、
幾多のこどもをつくるとか。

夏というのは、もっとも盛んな季節だ。
太陽は容赦なく照りつけるし、
わかりやすく気温も高い。
打ち水したはずの道も、
あっというまに乾いている。
子どもたちには、夏休みがあたえられて、
教室ではなくあちこちの遊び場で
なにかを爆発させていることだろう。

そして日本では、その盛んなピカピカの夏に、
死というものの裏地をつけている。
死ぬことや、死者を思うのは、夏にかぎる。
お盆というものが、もっとさみしい秋や、
凍えそうな冬にあったら、どうだったろう。
やっときたよろこびの春にも相応しくなさそうだ。

運命というしかないのだけれど、
戦争という最も避けたい不幸について思うのも、
この盛んな夏にする大きなしごとだ。

まだまだいくらでも生きるつもりの人が、
突然のようにいなくなったりする。
そういうことは、だれにもあり得る。
そういうときには、
当たりくじを引いてびっくりするのと同じように、
「あ、おれだったか」と思うのだろうか。
ちょっと前までは、そんな気がしていた。
しかし、ぼくは、そう思うのはやめるぞ。
樹木にしがみついて鳴く蝉になってでも、
水たまりに隠れている蛙になってでも、
いのちを抱きしめていようと思う。
そっちのほうが、ずいぶんとかっこいいと思うのだ。

ビートルズの各アルバムの次に何度も聴いてるのって、
なんだろう？　と考えてて、答えが出た。
キャロル・キングの『タペストリー』だな。
その次はもうわからない。

ひさしぶりに風を弾いたらしい……って、
ちょっと「セロ弾きのゴーシュ」みたいでいいな。
そうだ、いま風を弾いているんだ。

それぞれ。

犬が前を向くのを待ってたら、
どういうことでしょう。
うしろから足が出てきたのでした。
おとうさんはびっくりしましたが、
こういうことは、よくあることです。
みんな、それぞれに生きてますから。

そういえば、ぼくは50歳を前にして、ほぼ日刊イトイ新聞をはじめたのでした。あのときの気持ちを、いまから思い出すとすれば、「じぶんで考えて生きよう」という感じでした。あれこれと、周囲のせい、時代のせい、なにか持ってないもののせいにしないで生きたい。そんな気持ちがあったように思います。▼なにかのせいにしない、ということは、だれでもなく、じぶんがやれることを考えることでした。「だれかが、こういうことをしないかなぁ」「こんないいアイディア、だれかやらないかな」なんてところで考えることをやめないで、ほんとうにやりたいことなら、「じぶんはどうしたらいいか」を考えて、やってみたらいいんじゃないの、と、じぶんに対して思ったということです。▼そのための一歩を踏み出す道具として、インターネットというものがあったのは、とても大きな追い風になったと思います。いや、インターネットがあると知って、じぶんなりにはじめる方法が見えたのかもしれません。▼あと、いまにして思うと、50歳という年齢のことを、どうやら、「まだたっぷり先がある」と考えていたことが、とても大事な要素だったのではないでしょうか。もう50代になるし、ということをあんまり意に介してなかったのでした。それは、ふつうの大人の男の感覚からしたら、ちょっとアホかもしれませんが、ぼくの一生をおもしろいものにしてくれたと思います。▼１桁代10代20代30代40代50代60代、それぞれおもしろいよ。

「この治療では、50%の人が治っているという確率です」というような治療があったとする。これは、１００人のうちの50人がうまくいって、残りの50人がうまくいかないという意味だ。▼しかし、治療を受ける本人にしてみたら、「半分は治るし、半分は治らない」と思いながら、日々を生きるという選択は意味がないのだ。そんなふうに「半分半分だね」なんて言えるのは、当事者でない者だけである。生きようとするということは、「半分半分」と言われる治療を受けながら、じぶんは治る方の半分にいると信じることなのだ。▼それは、50%と言われた数字が、5%でも同じことだ。9割5分は失敗するという予測があったとしても、その選択をすることが決まったら、「じぶんは、よい方の5%なのだ」と思うことだ。当事者にとっては、それ以外の道はない。結果の当てっこをしているのではなく、どういう結果でありたいかに向かって生きているのだから。▼かつて、アントニオ猪木が、「もし敗けることがあったら?」とマイクを向けたアナウンサーに、「やる前から敗けること考えてるバカがいるかよ!」と、張り手を浴びせ「出て行け!」と言ったそうだ。確率だとか、可能性だとかを語ることは、まだ迷っていられるとき、もどればもどれるとき、当事者じゃなく見物席にいられる場合だけなのだ。▼先日紹介した人気犬「まわる先生」がかっこいいのは、「だめかもしれない」などとは、まったく思わずに、ただただ「今日、このいま」を生きているからだ。50%だとか、3割だとかの確率に合わせて、いまを生きるなんて方法は、あり得ないということだ。▼「だめかもしれないなぁ」なんて打った球が、ホームランになるはずはない。ぼくらは、確率に合わせて生きるのではなくて、生きることそのものを、生きているのである。

よく、なにかの質問をされたとき、ぼくは、「まずは、がんばるということじゃないでしょうか」とごく自然に答えていることが多い。それは、たとえば、「ほぼ日のように、毎日更新をするためには、どうしたらいいんでしょうか」というようなことでもそうだったし、「いいアイディアを出すには、どうしたら?」というようなことを訊かれたときも、そうだった。▼質問をする人は、なにか「効率のいい方法」があるなら、それを教えてもらいたいということなのかもしれない。あるいは、「どうも、うまくいかない」のだけれど、うまくいくためのコツがあるのではないか、というようなことを知りたいのかもしれない。そこらへんの動機は、人によっていろいろなのだろうが、それに対しての的確な答えを、ぼくは知らない。▼いろんな「方法」や「コツ」の本が、世の中には何万冊も出ているということも知っている。そこで書かれていることを知ると、なにかがうまく行くということも、ありうると思う。ただ、「方法」やら「コツ」の前に、だいたいのことについては、本人（！）が、本気（！）で、「まずは、がんばる」必要があるのだ。▼それが仮に、「ラクして儲けたい」ということだとしてもその「ラクして儲けたい」本人が、本気で「ラクして儲けたい」と思って、なんとかして「ラクして儲ける」ために「がんばる」。結局、そういうことでしかないのだと思う。そうやって、本人が本気でがんばっているうちに、「こういうことかな？」というような「方法」や「コツ」が見つかることはあるかもしれない。身も蓋もない「法則」だけれど、そういうことなのだ。▼「まずは、がんばるということじゃないでしょうか」ね。退屈と、がんばると比べると、がんばるのほうがラクだよ。

正式に募集しているわけじゃないのだけれど、実際にいたら、すぐにでも口説きたい人っている。▼いい「オマケ」を考えられるプランナーがほしい。「オマケ」は、商品に付けられる商品である。ただで湧いてくるわけではないので、「オマケ」も原料費のある商品であるが、そのもの自体が買われる商品ではないんだなぁ。▼買われる商品そのものに、あんまり激しい差別化を狙おうとすると、「へんなもの」「過剰なもの」になってしまいがちだ。メインの商品は、わりと、オーソドックスなものがいい。商品の環境や、サービスのほうで、「こっちにしよう」と選ばれるのはありがちなことだ。▼たとえば、美容院で「よそにない斬新なヘアデザイン」なんてものを売りにされたら困っちゃうわけだ。格別に斬新でなくてもけっこう好ましいヘアデザインで、しかも、その店のシャンプーがとても上手だったら、それはすばらしい「オマケ」になるし、その店を選ぶ大きな理由にもなる。▼次々にナイスな「オマケ」を考える仕事は、雑誌の編集などに、よく似ている。「オマケ」というモノのかたちをした雑誌とも言える。それを考えるのが大好きで得意な人がいたら、募集はしていないけれど、声をかけてほしいです。

2月になるとプロ野球のキャンプのニュースが流れる。いつも、それをきっかけにして、2月9日が、藤田元司さんの命日だったと思いだす。▼藤田さんには、亡くなった後も、よく教えられている。これは、何度か書いたりしゃべったりしていることだが、当時、藤田監督が率いるジャイアンツが絶好調で、なにもかもうまく行ってるように見えている状態のとき、ぼくは、うれしそうに藤田さんに言った。「ほんとに絶好調ですねぇ」と、あいさつのようにね。▼そしたら、笑顔はそのままで、監督の藤田さんはこういうことを言いだした。「いいときに、悪い芽が育つものなんでね。こういうときが、いちばん大変なんですよ」笑顔は、そのままだったけれど、ことばの中身は、ずいぶん怖いことを言ってると思った。このときのことばは、これまでに何度も、ぼくの頭のなかで反復されてきた。▼チームが連敗しているときなどは、なにがよくないのか、それが見えるかたちになっている。だから、つまり改善する方法を考えればいい。しかし、その目に見えるような悪いことは、空から降ってきて地面にささった木ではない。いつのまにか日の当たる大地に植えられていた芽から、はじまっていることなのだ。たぶん、悪いことの種など、いくらでも風に乗って飛んできているはずだ。それが、育つから、見えるようになるまで大きくなる。育つのは、たのしく明るく絶好調で勝っているときで、明るさにまぎれて、なにかが見えなくなっているのだ。そのなかで、やっぱり「発見」してなきゃならない。「いいときにこそ育ってしまう、悪い芽」をねー。▼藤田さん、いま、ぼくらはきっと「いいとき」なんです。もしかしたら「いい芽」も「悪い芽」も、踊りながら踏みつけているのかもしれませんね。ときどきしゃがみこんで、地面をよくよく見ます。

涼しくなりましたね、とか言ってるうちに、すっかり寒くなってきたりして。うちの犬なんか、毛布のなかにもぐるもぐる。ほんとに暑さ寒さに敏感なんだからぁ。▼こういうときには、おでんです。いや、食べてるというより、思い出してる。▼ひとつだけなら、なにを選ぶか？ぼくは、ダイコン。つゆのよくしみててやわらかいのがいいけど、もうちょっと煮たほうがいいかな、という加減もいい。▼もうひとつ、食べていいというなら、こんにゃくを選んでおこうかな。好きだとかいうことよりも、おでんってこんにゃくでしょうという気がする。▼まだ、いいの？だったら、こんぶの結んだやつ。渋い選択だなぁとか思いつつ、こんぶをいただきます。▼もっと食べていいというなら、ここらへんで、ごぼう巻きか、いか巻きというあたりにしましょう。いわゆるさつまあげの類を、そろそろ食べたい。▼さらに、と言われたら、ここでくるかという感じで、たまごかな。もっと早めにすくい上げるという人も多いでしょうが、ぼくは、たまごに重きを置かない、という表現をする。食べたらうまいのはわかっているが、大事にし過ぎない。▼もっと食べてと言われてるなら、はんぺん、ちくわぶ、ふくろ、つみれ、キャベツ巻き、ここらへんから、どれでもいいかな。もしあるのなら、ちくわぶあたりをピックアップする。▼ただ、こういうことだけ書いてて、今日はおしまい。おでんって、妄想してるだけでもけっこううまいものだね。

おいしいたいざい。

ブイちゃん元気ですか。
おとうさんは台湾に来て、
まるまる1キロ増えました。
散歩の距離ではなく、体重のことね。
いまも、マンゴーやライチーを
もりもり食べています。
他のみんなは、もっと食べてます。
おいしいって、罪です。

どこだ？
ブイちゃん元気ですか。
おとうさんたちは、気仙沼です。
有名な「マンボ」に来ています。
うーっ、まんぼっ！

２０１２年だとか、２００８年だとか、年号を見るときに、
自然に「２０１１年より前なのか後なのか」
を考えていることに気づいた。
やがて、「その２０１１年って、なに？」とか
訊かれるときがくるのだろうか。

14時46分のサイレンが鳴った途端に、
海に向かって身体を支えられないほどの強風が吹いた。
風に押されながら
「おまえ、生きてるんだからがんばれよ」
と言われてるみたいだった。

3月11日がやってきました。
なんだか、気仙沼に、3月11日を
迎えに来たような気がしています。
「3月11日よ、
　あんたはいったい何者なのだ」と、
じぶんが訊かれる前に、
先に質問をすることで、
あれから4度目になったこの日のことを、
わかろうとしているように思いました。

3年経ったその日より、
4年経ったこの日のほうが、
わかりにくいように思えてしまったのです。
ぼくは、ぼくらは、なにができたのか。
必要なことはなんなのか、
どうするのがいいのか。

そのことが起こったときから、
ずっと思っていました。
人は忘れるものだ、ということを。

でも、3年が4年になっても、
忘れることはありませんでした。
うまくいっていること、そうでもないこと、
もしかしたら
わるくなっていることさえもあるでしょう。
でも、とにかく、
ぼくらは忘れてなかったようです。

そして、昨日、気仙沼に来て、わかったのです。
東北のことで、なにをやるのもいい、
やらないのもいい。

ただ、それは
「好きで、勝手にやってる」ということ。
これを強く覚えておこうと思ったのです。
誰のためでも、なんのためでもなく、
じぶんたちが
「好きで、勝手にやってる」ことなのです。
それさえ忘れなければ、
いいんじゃないかと思いました。
今年の3月11日に、
このことをここに記しておきます。

壮大なマイナスの時期が終わって、
マイナスとゼロが混在する時期が始まっている。
ここからは、ハンデなしでの試合になる。
ひたすらにリスクを怖れていたら
ずるずると沈下していく。
気仙沼、大人の勝負だ。
久々の軽い無力感とともに、新幹線で帰る。

いまでも、「えっ？　フクシマに人が住んでるの?!」
なんて言われている現状があるようです。
海外に住んでいて、外国のともだちに
もうちょっとわかってもらいたい人、ぜひ、
『知ろうとすること。』の英語版をおすすめください。

たのしそうな歌のなかにも、なんとなくの
さみしさとか、かなしさがあるように思う。
小学唱歌というような学校で習うような歌でも、
大人になってから聴くとさみしくてたまらない。
なつかしさのせいかとも思ってはみるが、
いや、さみしさだか、かなしさが、たしかにある。
短調だからかなしいとか、長調だからあかるいとか、
まったくそういうことじゃない。

歌って、つくる人も、うたう人も、きく人も、

どこかで「なぐさめ」をもとめているような気がする。
「なぐさめ」をもとめているというこころが、
あかるいたのしいばかりであるはずもない。

いまのポップスとかロックとか言われる音楽も、
根っこにブルースがあるものなぁ。
日本の歌の底にかなしみや嘆きが見えるのも、
同じようなものだよな。

イラスト＝ゆーないと

かなしいという気持ちと、くやしいという気持ちと、
おそろしいという気持ちとが、渦巻いていく。
暴力は効果があると思われたくない。
なんでもないあかるさを、反対側にとにかく置いておく。

ほんとうに深刻に悲しいことがあったときには、
だいたいはそれについて黙っています。

彼がわたしにさよならしたとき、世界は終わってしまったのよ。
みんな、気づいてないの？
鳥はさえずってるし、おひさまは輝いてるし……
だれも知らないようだけど、世界は終わってるのよ。
という歌を聴いている。

ひとつの傾向として、休みの日は、
少し余計に悲しさを感じるものだ。

また降っちゃって、
なんかもう雪国みたいに
なってるよー。

もちろん。
犬は、げんきです。
いつもと同じくね。
もちろん、
みんなげんきです。

弁当の写真を撮るのに
脇役として呼び出されたわたし。

ちゅーりっぷ。

くんくん。
これはチューリップです。
人間のおかあさんは、わりと、
チューリップが好きなんです。
犬にも、よく見せてくれました。
このごろ、お花をよく見ます。

魚介の「魚」とはサカナです。
で、「介」というのはカタチからするとイカですよね。

「ごはん屋さん」という言い方。

人間の爪と毛が伸びるのって、動物っぽくてにくめないです。

文章のなかに、
「しかし、また、それとは逆に、例えばね」と書いて、
おっと五七五だぜ、と思った。

蟻塚だとか、カッパドキアだとか。

「わんにゃ」っていうのと、
「にゃわん」っていう語尾を使ってみよう。
犬猫どっちもイケるぞ。

力を抜くのはアリなんだけど、
考えるのをやめるのはダメ。

Relax, but
never quit thinking.

本気や真剣のスイッチを売っていたら、
買い占めたい。

I'm looking for the ignition for my motivation.

よく、「あいつ、サドなんだよ」とかいう
言い方があるけれど、
「Sであること」と「無礼や失礼」は
ちがうよねー。

He's not sadistic.
He's rude.

1文字だけ入れ替えて「風林花山」ってすると、
ぜんぜんちがっちゃうけど、
これを武将が言ったらかっこいいな。

WFFF.
Wind, Forest, Fire, Mountain.
Wind, Forest, Flower, Mountain.
Changing one word makes all the difference,
but it would be cool if a warrior says this.

thinking
Relax, but never quit thinking.

M
S
He's not sadistic.
He's rude.

I'm looking for the ignition
for my motivation.

Wind,
Forest,
風
花
山
林
Flower,
Mountain.

デザイン＝秋山具義

世界中の悩みを一手に引き受けているような顔している人が、
世界中の悩みをひとつでも解決したことがあったろうか。
実際になにかを解決する人は、
悩みなんかないかのようにふるまっているものだ。

理由やら説明しなくても、
「そういうことを言うもんじゃないよ」とか、
「そういうことはするもんじゃないよ」とか、
言ってくれる人がいたほうがいい。

趣味や研究や娯楽のためにでなかったら、
人はむつかしいことばなしで、十二分に生きていけます。
とにかく、まず、「やさしいことばを交わしましょう」。
それをむつかしいことばでやりとりしたい人たちは、
広場ではなく、個室でやればいいだけのことです。

シンプルがベストなんじゃない。
よきシンプルがベストだ。

ラグビーの選手になることなら無理だとわかるけれど、
漫画家だとかお笑いの芸人だとかについては、
それこそ「なるだけならなれる」と思いやすいから、
うっかり漫画家になろうとがんばっていたかもしれない。
それは、いまぼくが「おもしろい」とか
「うまいなぁ」と思っている漫画家の方々と、
競争相手になるということだと想像したら、
死にたくなるくらいオソロシイことじゃぁあと思った。
その想像をしたのちに、「実際にはならなかったな」
と思ったら、悪夢から覚めたようにほっとしたよ。

ベテランにあって新人にないものは経験の引き出し。
新人にあってベテランにないものは、機会を得た「うれしさ」。
「うれしさ」のあるベテランもあるし、
「うれしさ」より「怖さ」の勝る新人もあるだろうけれど。

どれだけすごいだの偉大だの言われてても、
人ひとりのやれることは、あまり違わないんですよね。
ナポレオンは、他人より睡眠時間が短いっていっても、
ひとりで1日に48時間は起きていられません。
一生のうちになにかできることの総量は、
実はみんなたいして変わらないとも言えそうです。
じゃ、なんで、ひとりずつのちっぽけな人間が、
歴史に残るようなことを成し遂げたのかといえば、
「みんなでやったからできた」ということであります。
代表者として発案者として責任者として首謀者として、
その人の名が知られているということです。

みんなで力を合わせるって、同じことをすることよりも、
じぶんの「できること」を探すってことなんじゃないか。

おそらく、ほんとうに「たいしたもの」である人は、
「たいしたことない」人のことを否定しないと思うよ。
しっかり「りっぱなことを考えている」人ならば、
「りっぱなことを考えてない」人のことを、
バカにしたりしないに決まってると思うんだよね。

「たいしたもんだと思われたい」人が、
「たいしたことない」人をさげすんだりするし、
「りっぱなことを考えると思われたい」人が、
「りっぱなことを考えてない人」を生みだすわけだ。
「偽のりっぱなことを考えてる人」が、
あれはいけない、これはけしからんと言いたがる。

ぼくが、あんなふうになりたいなぁと思う人は、
たいてい、じぶんで「たいしたことをしてない」と言う。
「いずれ、ああなったらこうなったらうれしい」と言う。
そして、「たのしいからやっている」と言う。
「たのしいことをやっている」ものだから、
ついついまわりからも「たのしそう」に見えてしまう。

ぼく自身は、あんなふうになりたいなぁと思う人より、
ずっと偽物なのだけれど、「ま、いっか」と思う。

感情を起点にして

なにか言ったりやったりしたところで、

せいぜいが「溜飲が下った」「すっきりしたぜ」

「吠え面かかせてやった」「ああいい気持ちだ」といった

かなりむなしい結果にしかなりません。

「感情的になったら、まず止まれ」

ではないでしょうか。

人は、とにかく語りたいものである。
語りたいのだから、語るなとは言わないけれど、
多少でも、相手が聞きたい話かどうか考えたいものだよ。

好きなともだちといる時間は、つまらなくても悔やまない。
マンガを読みふけって、
他のことなにもできずに読み終えたとして、
それほど夢中になれたマンガだったら、
そこで費やした時間を、悔やんだりはしない。
犬や猫にせがまれて、遊びの相手をしたり、
散歩に出かけたり、ごはんの用意をしたり、
トイレの始末をしたりしている時間。
「めんどくさいねー」とか言っていることもあるが、
実は、そういう時間を過ごして、後悔することはない。
逆に、ちょっといい時を過ごせたような心地よさがある。

現実の中にいるのに、「これは夢か」と思うこと。
夢の中にいるのに「これは現実なのか」と思うことがある。
どっちも、くらくらするよ。

ぼくが一生に一度でも見たほうがいいよと、
こころから思ったのは、
エジプトのピラミッドと
吉野の桜かもしれない。

エロは、本能や天然自然とはちがうものなのだよ。

家に戻れば日曜日。
犬をひざに誘って、オープン戦を観る。

楽になろうなんて思うより、接戦を楽しもう。

監督の気持ちになるとつらい。
いや、ただのファンも十二分につらい。

野球ファンとして、混戦に混乱して混迷に陥っているので
風呂掃除をして入浴していろいろな考えを揮発させようとした。
そうはいかなかった。

選手の調子って、神秘だよねぇ。
あれだけあれだった人が、あれだったりも
しちゃうしねぇ。

秋に振り返って語り合うような試合だったと思う。
なみだでちゃったよ。

しみしみと歯が痛いときのようなつらさ。
胃だか胸だかがどんよりと重く、
目のまわりは渋く、なにもやる気が起らない。
ああ、理由は~理由はわかっているのに~~
どうすることもでっきま~せん~~。
(いえ、ご心配なく。心身の疲労と痛みは、
ひとえに贔屓の野球チームの連敗が理由ですから)

薄目で見ています。

「長野、打たなくてもいいから、打てーっ!」と言ったら、
「糸井さんの控えめな願いは、神さまがかなえやすい!
尊敬します!」
と言われ、うれしかった。

敗けたとわかっている試合の録画を観て
いろいろ復習する。
紙一重だったんだなぁ、としみじみ思う。
勝つも敗けるも紙一重だよ。

「敗けを覚悟するのはいい。
敗けに馴れるのはいけない」
そういうことだと思う。

「せぺだ宇宙戦艦ヤマト」「武器よせぺだ」
「せぺだ青春の光」……うーむ。

野球から心を散らそうと、
すっごく真剣にカレーをつくった。

笛を吹いても踊らなかった巨人の選手のことは忘れて、
仕事だ仕事だ、おれはおれの仕事をするぞ~。

ふ~~~~っ。
おもしろくなくてもいいから、
たまには目を離せる試合が観たい。

原監督に直接訊いたよ。
「いま、巨人ファンは
なにをしたらいいですか?」とね。
監督、黙考して目を見開き
「感情を露わにして、喜怒哀楽を、
思いっきりぶつけてください。
悲しみや怒りを隠さなくていいです。
それに耐えられないようじゃ、
巨人の選手じゃないです」
（……さっき打てよ……）
そうする!

打席に立って打つ。
そこに必要なのは、責任感ではない、集中力である。
実際、さまざまなことがらにおいて
責任感というものが必要な場面は、ほとんどないように思う。
四番打者には、最も責任感の強いものがなるのではない。
どんな場面においても最もよく打つものがなるのだ。

これじゃ勝てるわけがない。喜怒哀楽観戦、今夜は怒怒怒！

声が出なくなるまで声援を送って、
声の出ない歓声をあげる日を、夢見ている。

おもしろ勝ったよねー。

小笠原が高校時代にホームランゼロの
選手だったということ、
金本が非力な細い選手だったということ。
どれだけの本気さと、鍛練があったんだろう。
こころを強く持っていたんだろうなぁ。

いつか打つ、とか、いつかは打ったっけ、とか。

「勝ちたくないのなら、勝たなければよいではないか」
の気持ちで、冷たく熱く観る！

「そんなときにもあたたかい声援を
送ってくださったファン」
の気持ちは心の金庫に隠して、
鬼のように見つめるファンになります！

「主力」だの「枢軸」だの、「エース」だのと言われている諸君、
君たちはいま「同情」されたり「慰め」られたりしてるんだぞ。
おかしいだろ、そんなの?!
俺は、君たちを認めているからこそ、激しく怒りたい。

中溝康隆（プロ野球死亡遊戯）@shibouyugi
坂本のホームヘッドスライディングで
東京ドームの空気が変わった。
これが見たかったんだよ。

糸井重里 @itoi_shigesato
そう（なみだ）

弱い！　勝つにしても敗けるにしても、弱い！

（ジャイアンツのことさえ考えなければ、
だいたい機嫌よくいられるここ数日。）

今年一年の巨人の野球を、
そのまま凝縮したような一試合だった。

「なんにしても、おまえはおまえで
おまえのことをがんばれよ」と、
おれはおれに言う。

かつて最も熱心に野球を観ていたのは、
1989年の第二次藤田監督の時代だった。
年間で日本シリーズの全試合を含めて
70試合を観戦していた。
そんなことはもうないだろうと思っていたが、
ここ三年ほどは、そのときに近いくらいの
熱心さで野球を観ていた。
いま、その時代が終わりつつあるように思える。
絶不調の原辰徳選手が、
クロマティが敬遠され満塁で迎えた打席で、
日本シリーズ初ヒットを
打ったとたんにそれとわかるような
ホームランで飾った。
バットを放り投げ、
ベースを回る原の姿こそが、
今年、ぼくが選手たちに
求めていたものだった。

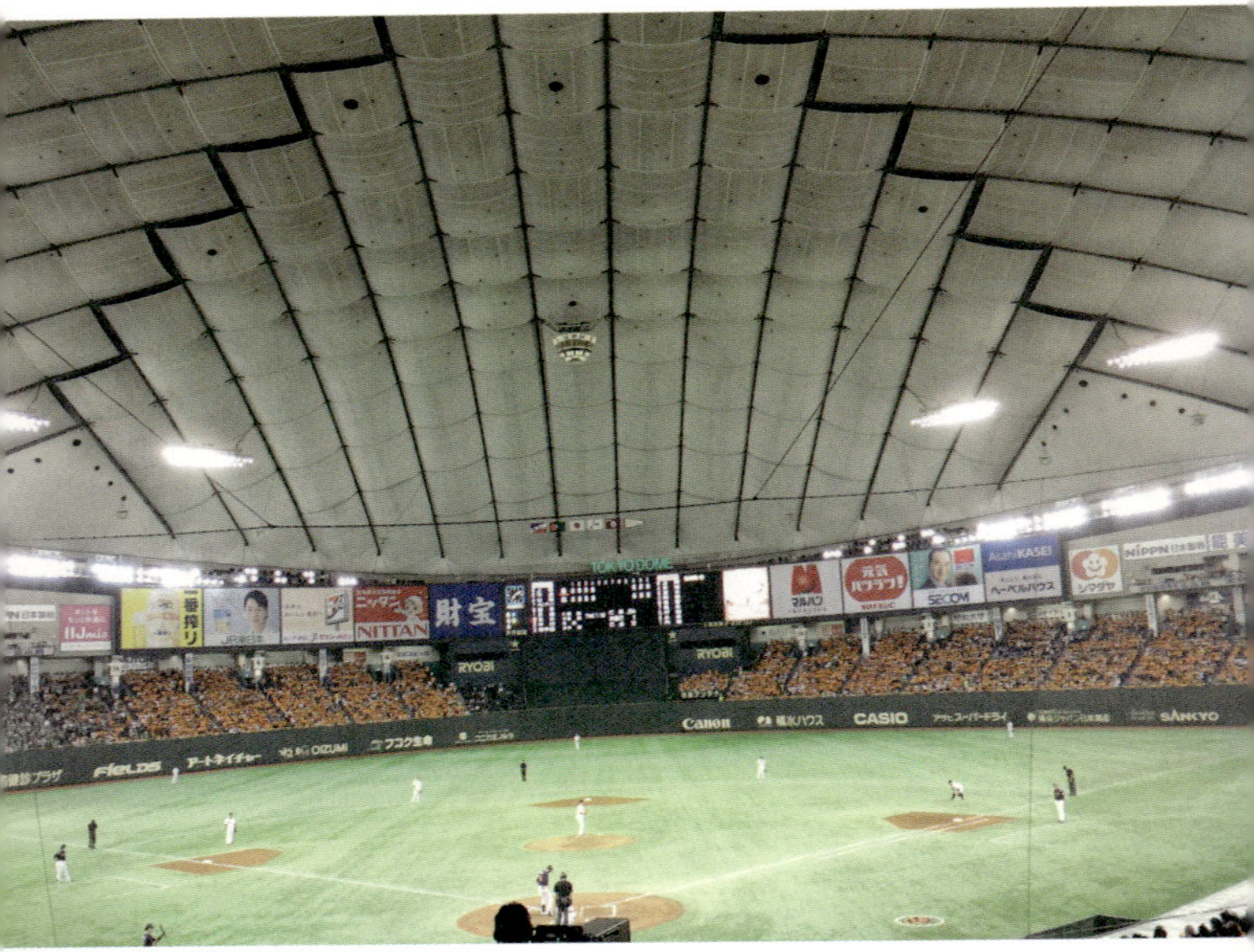

あかるさが
ちょいと哀しい
最終戦

わしのあいほんは、
こんな仕様になりました。

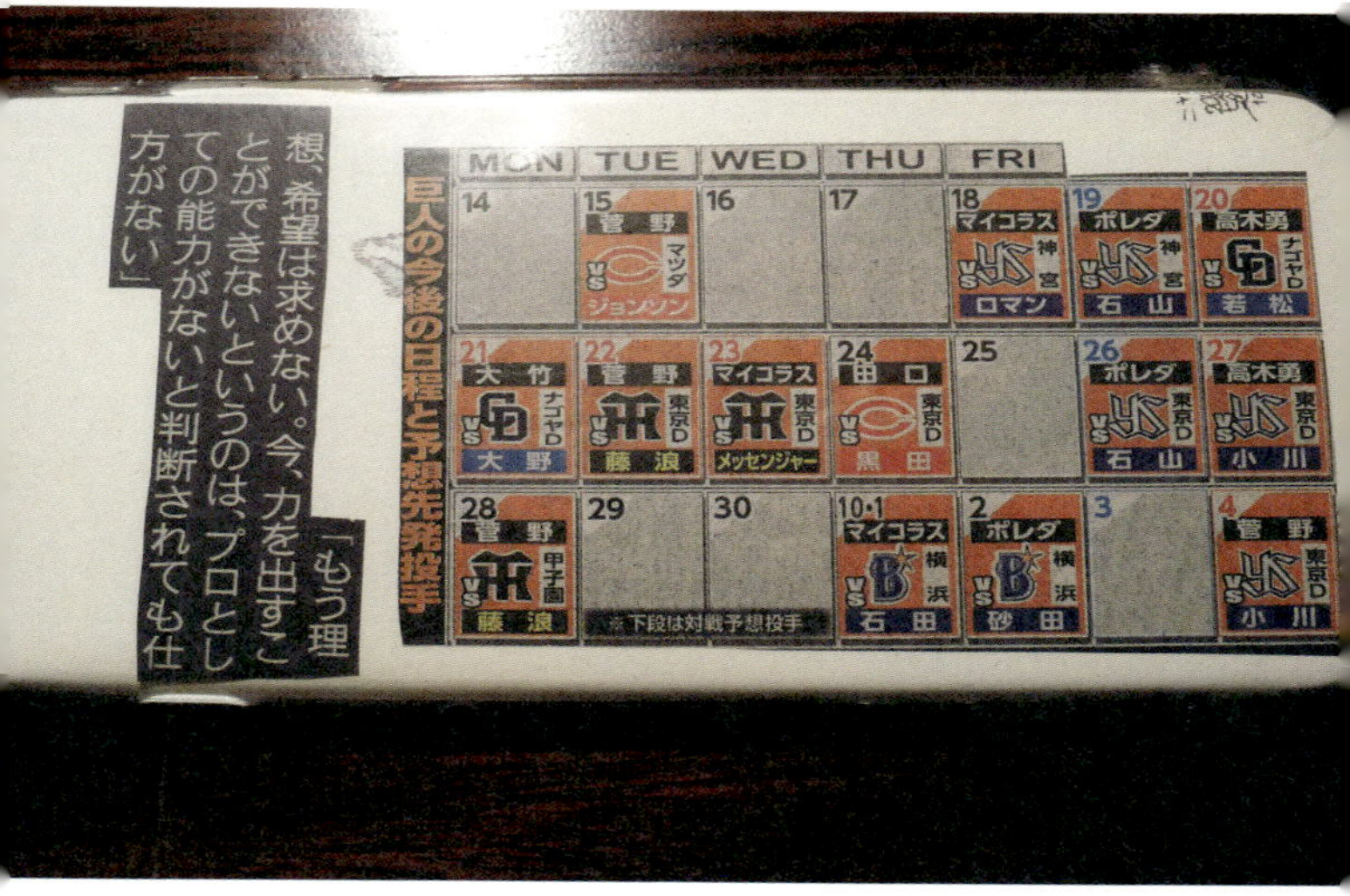
「もう理想、希望は求めない。今、力を出すことができないというのは、プロとしての能力がないと判断されても仕方がない」
巨人の今後の日程と予想先発投手
MON
TUE
WED
THU
FRI
※下段は対戦予想投手

ほたるいかと菜の花のパスタ。
たがいに、会うとは思わなかったろうな。

チャーシューとメンマを細切れにして、
長ねぎと紅しょうがも刻んで、
あとは卵と、しょうゆとコショウ。
この材料でつくったチャーハンが食いたい。
ぼくはラーメンチャーハンと名付けているのですが。

餃子、カレー、お好み焼き、蕎麦、うどん、ラーメン、
天ぷら、すき焼き、しゃぶしゃぶ、とんかつ、コロッケ、
なんというか、平凡なものが食べたい。
欲をいえば、高級な平凡なものが食べたいのです。
「高級な平凡なもの」ってのは、ぼくのひとつの理想かも。

木村屋のあんぱんは、銀座の仕上げさ。

ハムステーキとか、厚く切ったハムもうまいんだけど、
薄い薄いハムもうまいんだよねー。

あらま、じぶんに大好評！
「コーラとペリエのハーフアンドハーフ」
これは、いいわぁ。

地下鉄銀座線のこの車両に乗り合わせている乗客のうち、
いま渋谷「ラーメン　はやし」で
ラーメン食べてきたのは俺だけだろう。ふふっ。

おれ、ほんっと、アーモンドミルクにはわるいんだけど、
アーモンドミルク好きじゃないわぁ。
アーモンドは大好きなのになぁ。

「きんき」と「のどぐろ」、
どっちがうまいかって訊ねられても
答えられないねぇ。

いろいろ厳しいことだとか
悲しいことだとか考えた直後に、
ふと、マンゴーが食べたくなった。

（ああ、こう書いていても……食いたいぜ）

人間がやってることのかなり大きな部分は、よいことだよ。

存在感っていうのは、
大きさや重さや思考の深さや経験の多寡とは
まったくちがうところで決まるものなんだよな。
そうじゃなきゃ、赤ん坊や猫や犬が、
あれほどの存在感を持っていることが説明できないもの。

だんだん年をとって、
いつのまにか大人になるのかと思ったら大まちがいで、
なかなか大人になれないものだとわかった。
それがわかったというだけでも、
ちょっとは大人になったのかもしれない。

こどものころよりも、本もたくさん読んだし、
いろんな人にも会ってきたし、
経験というようなこともちょっとずつやってきた。
でも、こどものころに思っていた
「大人ならなんでも知っている」感じとは、
ずいぶん遠いものだ。

大人に近づいている、とは言えるかもしれない。
「知らないことがたくさんある」ということを、

知ることができたからね。
そして、じぶんの知らないことも、
誰かが知っているだろうということや、
知っている人が書いたものが、
おそらくどこかにあることも知ったように思う。

なんでも知らなくても、知ろうとさえすれば、
知ってる人にも会えるし、調べることもできる。
そういうことは、こどものころにはわからなかった。

好きな大人が見つかったら、その人のどこがいいのか、
じっくりと、よく考えてみるのがいいかもしれないね。

それぞれの人たちの計画が、
これからも、うまくいきますように。
人びとを、苦しさでなくたのしさで巻き込めますように。
この先、特に若い人たちがつくってくれる世界を、
もっと見たいので、ぼくは長生きがしてみたいです。

はたらきかけたこと、
出合ったことがあっただけでも、
よかったと思えるようになったら、
すべてが栄養になるね。

先日、ふと、思いついて、やってることがある。
メールなどで、励ましたいなと思う相手に、
「がんばってください」と書くのをやめたのだ。

がんばれ、でもなく、
がんばる、でもなく、
それぞれに、がんばりましょう。

そう書いたのだった。
それぞれ、あなたも、わたしも、
それぞれの道で、がんばろうねという感じだ。

つまり、まぁ、理屈っぽくいえば、
どっちも当事者として
一所懸命にやっていこうね、と。
これは、書いていてとても気持ちがよかった。
「おまえはどうするんだ?」という
じぶんへの問いかけ、
そして、相手を認めていて励ましたい気持ち。
その両方を並べることが、
いちばん正直な気がしたのだ。

ただただ、「このほうが、いいな」と思う方向に、
なんとか、じぶんを持っていこうとする。
そういうことしかないのではないか。

荒天のときにしか感じられないことがある。

目を開けていられないほどの強い雨風や、
身体にはりつくほど濡れそぼった髪に衣服に、
冷えた指先や覚束ない足もとに、
どれほどの教えが宿っているとは言えないけれど、
そこにしかないものが、そこにはある。

そこでしか経験できないことは、
晴天の日には、
どれほど望んでも得られないものだ。

毎日が晴天であるようにと、わたしたちは願う。
いや、適度な曇天をも望み、
ほしいだけの雨天のことも実は求めている。
しかし、荒れた天気だけは避けて過ごしていたい。
日々の堅実な積み重ねを吹き飛ばしたり、
罪もない人のいのちを脅かしたりするような
嵐やら豪雪やらをほしがるものは、どこにもいない。

しかし、荒天のときにしか学べないこともある。
よろこぶべきか、悲しむべきかも言えないけれど、
望んでもいない荒れた空の下でしか、
わたしたちが身につけられないものがある。

望まぬ荒天に遭遇したら、
やはり来たかと覚悟できるだろうか。
いやいや、それを問いかけても虚しいばかりだ。
望まぬことは、望まぬままにやってくる。
望まぬ時間に押し流されながら、
ぎりぎりで思うことこそが、わたしの思うことだ。
それ以上のことは、思えなかったのだから。

過去の、未来の、いま現在の
荒天のなかにいるわたしよ、わたしたちよ。
無様に不格好に生き抜けばいい。
覚悟も決意も要らぬ、生き抜け。
そのことだけでよいのだ、おそらく。
荒天が通り過ぎたら陽が差すのだろうか。
それとも高くに月が浮かぶのだろうか。

こう、なんだかさ、
なんにも考えてない人みたいなことを言うけど、
「世の中って、いい人いっぱいいるよね」と、
ほんとにそう思うなぁ。

いやなヤツはもちろんいるよ、
嫌いなヤツだって、数えればきりがないほどいるさ。
でも、たいていは、いい人だよなぁ。
しかも、ぼくの知っている人たちは、
そのなかでもとびきりのいい人ばかりだ。
ごめんなさいね、ぬくぬくと人生過ごしてきちゃって。
しょうがないじゃないの、ほんとの世間というのは、

絶対的にいい人のほうが多いんだから、きっとね。

ありがとうありがとうと言って回りたいくらいだ。
しないけどね、恥ずかしいから。
いちおう大人ぶってクールにしてないとね。
ちょっと冷たいくらいに思われててちょうどいいから。
それでも、やっぱり、ぼく以外の人びとについては、
みんないい人だなぁと言いたいわけで。

無数の発言や表現物がすべて記録されていたとしても、
それは、ぼくの情報なのであって、ぼくじゃない。
ぼくは、そしてあなたは、さらにあの人は、
あるとき生まれて、あるとき死ぬ、ライブのもの。
会えるときに会えてよかったね。
どちらからも会えたというのは、ものすごい偶然だね。

やさしく、つよく、おもしろく。できることをしていこう。

ほんとうに雪が降ったら

「いやだなぁ」とかぶつぶつ言うくせに、

寒い夜の曇り空とか見ていると、

雪が降らないかなぁとちょっと期待したりするんだよな。

大人もこどもだからな。

ほんとうに共有したり伝えあったりしたいのは、
「人にはこころというものがあってさ」というような、
とても当たり前のことなんじゃないかと、思った。

ほんとうに、わたしたちは、
意外な誰かさんに優しくされている。

いい空だ。

うつる。

人間のおかあさんは、
「TOBICHI」で買ったものをとりに、
おとうさんも犬の散歩に行った帰り道。
鏡みたいな場所で、
家族写真が撮れました。

にじだ。

散歩から帰ってきて、
なんとなく外を眺めたら、
虹だ。
虹だ。
大きな虹がかかっていた。
ありがとう。

ほぼ日ブックス

糸井重里のすべてのことばのなかから「小さいことば」を選んで、1年に1冊ずつ、本にしています。

2007年

小さいことばを
歌う場所

2008年

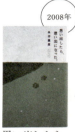

思い出したら、
思い出になった。

2009年

ともだちが
やって来た。

2010年

あたまのなかに
ある公園。
装画・荒井良二

2011年

羊どろぼう。
装画・奈良美智

2012年

夜は、待っている。
装画・酒井駒子

「小さいことば」シリーズ既刊のお知らせ。

2014年

ぼくの好きな
コロッケ。

カバーデザイン・横尾忠則

2013年

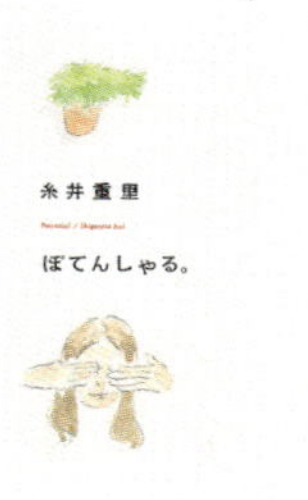

ぽてんしゃる。

装画・ほしよりこ

2015年

忘れてきた花束。

装画・ミロコマチコ

ほぼ日文庫

「小さいことば」シリーズから生まれた文庫本。

ボールのような
ことば。

装画・松本大洋

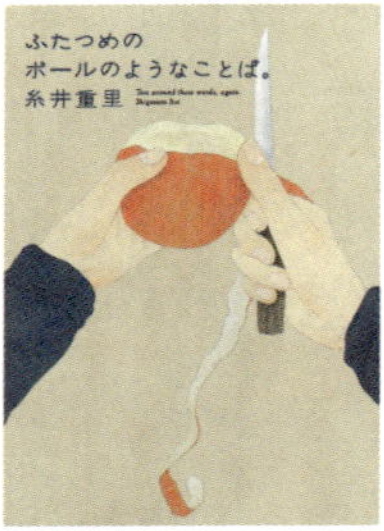

ふたつめの
ボールのような
ことば。

装画・松本大洋

抱きしめられたい。

二〇一六年十二月　第一刷発行
二〇一九年　四月　第二刷発行

著者　糸井重里

構成・編集　永田泰大
ブックデザイン　清水　肇（prigraphics）
進行　茂木直子
印刷進行　藤井崇宏（凸版印刷株式会社）

協力　斉藤里香

発行所　株式会社　ほぼ日
〒107-0061　東京都港区北青山2-9-5　スタジアムプレイス9階
ほぼ日刊イトイ新聞　http://www.1101.com/

印刷　凸版印刷株式会社